Milchweißes Wunder

Jana Thiem, 1971 in Görlitz geboren und in der schönen Oberlausitz aufgewachsen, war schon immer von ihrer Lieblingsstadt Dresden fasziniert. Wenn sie nicht schreibt, arbeitet sie als selbstständige Webdesignerin. Derzeit lebt sie mit ihren beiden Kindern in Rheinhessen.

JANA THIEM

Milchweißes Wunder

DRESDEN KRIMI

emons:

Bibliografische Information der Deutschen Nationalbibliothek
Die Deutsche Nationalbibliothek verzeichnet diese Publikation in der Deutschen Nationalbibliografie; detaillierte bibliografische Daten sind im Internet über http://dnb.d-nb.de abrufbar.

MIX
Papier aus verantwortungsvollen Quellen
FSC® C083411
FSC
www.fsc.org

Umschlagmotiv: photocase.com/utopiq23
Umschlaggestaltung: Tobias Doetsch
Gestaltung Innenteil: César Satz & Grafik GmbH, Köln
Lektorat: Christine Derrer
Druck und Bindung: CPI – Clausen & Bosse, Leck
Printed in Germany 2015
ISBN 978-3-95451-692-6
Dresden Krimi
Originalausgabe

Für meinen Vater,
der in mir die Liebe zu Dresden geweckt hat

Prolog

Gedankenverloren stand sie am Fenster und ließ ihren Blick über die glitzernde Wasseroberfläche gleiten. Die Sehnsucht nach Freiheit, nach frischer Luft und ihrem eigenen Zuhause entzog ihrem Körper allmählich jegliche Energie. Nur noch drei Wochen, dachte sie. Eigentlich lief alles nach Plan. Sie würde es schaffen.

Wenn sie ehrlich war, hatte sie damit gerechnet, übers Ohr gehauen zu werden. Die Gefahr, dass es nicht funktionieren würde, bestand immer. Auch jetzt noch. Aber bislang wurden alle Absprachen eingehalten. Sie konnte ihr Glück selbst kaum fassen. Schriftlich hatte sie natürlich nichts vorliegen. Die Angst, dass es doch kein gutes Ende geben könnte, schmorte trotz allem tief in ihr. Sie musste einfach vertrauen. Noch drei Wochen Bangen und Hoffen. Dann würde endlich wieder alles normal werden.

Sie warf einen letzten sehnsuchtsvollen Blick auf die sonnenbeschienene Landschaft.

Drei Wochen später

Donnerstag, 3. Oktober, frühmorgens

Was hätte es doch für ein schöner Feiertag werden können. Wäre da nicht diese Frau. Tot. Von der Elbe an Land gespült. Seufzend schaute Kriminalhauptkommissar Humboldt von der Leiche auf. Irgendetwas irritierte ihn. Er trat einen Schritt zurück, heraus aus dem Morast am Elbufer. Sein Blick glitt über das Elbwasser flussaufwärts. Wo kam diese Frau her? Oberflächlich gab es keinen Hinweis. War sie hier in den Büschen direkt neben dem Anleger der DLRG nur hängen geblieben und weiter oben in die Elbe gestürzt? Und warum glaubte er, dass sie nicht gestoßen wurde?

Humboldt sah zum gegenüberliegenden Ufer und dann weiter die Elbe entlang. Am Blauen Wunder blieb er hängen. Im Wirrwarr der Streben der Loschwitzer Brücke verhedderten sich seine Gedanken.

»Die lag nicht lange im Wasser.« Die Stimme von Gerichtsmediziner Dr. Lorenz Richter holte ihn in die Wirklichkeit zurück. »Nach bisherigen Erkenntnissen ist sie aber auch nicht hier gestorben.«

Humboldt schaute Richter an. Die dunkle, eckige Brille passte hervorragend zu seinem kantigen Charakter, dachte er und stimmte sich innerlich auf Richters regelmäßiges Frage-Antwort-Spiel ein.

»Gestorben?«, hakte Humboldt nach. »Also gibt es doch eine natürliche Todesursache?«

»Nicht so voreilig. Dazu muss ich die junge Dame natürlich etwas gründlicher unter die Lupe nehmen.« Richter zog Humboldt dichter an die Leiche heran. »Jetzt schau sie dir doch einmal ganz genau an. Fällt dir nichts auf?«

Humboldt hasste dieses Rätselraten, und Richter genoss es jedes Mal aufs Neue.

Humboldt ging in die Hocke, um sich die Tote noch näher

zu betrachten. Immer wieder wunderte er sich, dass ihm der typische Würgereiz, mit dem manche seiner Kollegen zu kämpfen hatten, erspart blieb. »Hm, sie war wohl mal eine sehr hübsche Frau. Und nun ist sie … ertrunken?«

Richter räusperte sich kurz, was Humboldt aufsehen ließ. »Jedenfalls konntest du auf den ersten Blick keine äußeren Gewalteinflüsse feststellen. Also kann sie doch einfach ins Wasser …« Humboldt stockte. Erneut verwirrte ihn der Anblick der jungen Frau. Wasserleiche? Hätte er sie heute Morgen am Straßenrand oder im Großen Garten gefunden, er wäre niemals auf Tod durch Ertrinken gekommen. Ganz im Gegenteil. Ihre Wangen waren eingefallen, und die Schlüsselbeine traten durch den dünnen Stoff ihrer Bluse stark hervor. Der Verwesungsprozess war zwar schon fortgeschritten, aber die typischen Merkmale einer Wasserleiche fehlten. Sie sah weder aufgedunsen aus noch hatte sich eine Waschhaut gebildet. Also das war es. »Tja, ich würde sagen, sie sieht eher aus, als wäre sie verhungert. Kann es denn sein, dass sie hier nur abgelegt wurde?«

Richter zuckte nachdenklich die Schultern. Da Humboldt die Rätselprüfung bestanden hatte, wandte sich Richter wieder leise murmelnd der Leiche zu. Wer es jetzt wagte, ihn anzusprechen, stand selbst kurz davor, auf seinem Seziertisch zu landen.

Beim Einsatzwagen, der ein Stück weiter auf dem Radweg stand, entdeckte Humboldt seine Kollegen Marc Vierhaus und Lara König. Er hätte sie gar nicht sehen müssen, so unüberhörbar rasselten sie wieder einmal verbal aneinander. Seitdem bekannt war, dass die nächste Leistungsbeurteilung anstand, lagen die beiden in ständigem Wettstreit um die Beförderung zum Polizeikommissar.

Humboldt hielt kurz inne und überlegte, ob er sich zuerst den Fundort näher anschauen sollte. Zu spät.

Mit langen Schritten legte Lara König den kurzen Weg bis zum Flussufer über die immer noch saftig grüne Wiese zurück. »Dieser ach so schlaue Möchtegernkommissar hat den Zeugen Schubert gehen lassen.«

»Ich habe doch sämtliche Daten und seine Aussage zu Protokoll genommen. Und ich weiß, wo er hinwollte«, verteidigte sich Marc Vierhaus schon von Weitem.

»Und wenn er gelogen hat?« Lara König schoss die Worte in seine Richtung ab. Mit einem spöttischen Lächeln drehte sie sich wieder Humboldt zu.

Seufzend dachte dieser an die Klettertour, die er heute eigentlich mit seinem Freund Toni in der Sächsischen Schweiz hatte machen wollen.

Es sollte ein schöner Abschluss einer kurzen Klettersaison werden. Humboldt mochte die Winterkletterei nicht. Den Ehrgeiz, der erste Gipfelstürmer an Neujahr zu sein, besaß er nicht. Bevor er sich Silvester auf einen eisigen Felsen hockte und darauf wartete, sich mit steif gefrorenen Fingern in das Gipfelbuch einzutragen, genoss er lieber mit Freunden einen guten Rotwein.

Gestern hatten sie noch beratschlagt, auf welchen Felsen sie heute gehen würden. Toni wollte endlich einen Weg mit der Schwierigkeit VIII vorsteigen. Aber Humboldt hatte eher Lust auf einen schönen Weg. Der Schusterweg am Falkenstein war zwar ein Weg mit mehreren Seillängen und daher eine ganz schöne Schinderei, aber man wurde mit einem Wahnsinnsblick belohnt. Außerdem brachte es Glück, wenn man an die Nase eines gewissen Herrn Schuster, dessen Gesicht als Relief in den Felsen gehauen worden war, fasste und ihn freundlich grüßte.

Wehmütig blickte Humboldt kurz in den blauen Himmel. »Okay. Wer ist Zeuge Schubert? Und wo ist er jetzt?«

Marc Vierhaus legte die letzten Meter vom Einsatzwagen kommend im Laufschritt zurück. »Henning Schubert hat die Leiche gefunden und die Polizei gerufen. Er war gerade bei seiner allmorgendlichen Joggingrunde. Da jetzt aber die Laktatmessung ansteht, habe ich ihn gehen lassen. Er ist im Sportinstitut von Dr. Wiesinger.«

»Sportinstitut? Das ist doch auf der anderen Seite der Elbe, oder?« Humboldt überlegte und drehte sich Richtung Blaues Wunder.

»Ja, genau. Henning Schubert, also der Zeuge, bereitet sich

gerade auf seinen ersten Marathon vor. Wenn Sie über das Blaue Wunder fahren, müsste es gleich an der ersten Kreuzung links in den Körnerweg gehen.« Er zeigte zur Brücke.

»Müsste? Ich denke, du weißt, wo sich der Zeuge aufhält?«, mischte sich Lara König wieder ein.

Marc Vierhaus ignorierte sie.

»Er bereitet sich im Sportinstitut auf einen Marathon vor? Ich dachte immer, das wäre eine Klinik und da würden nur die hingehen, die die Strapazen eines Marathons schon hinter sich und jetzt mit den Folgen zu kämpfen haben.« Humboldt schüttelte skeptisch den Kopf. Er sah noch einmal zum Elbufer. Die Sonne stand mittlerweile schon ziemlich hoch am Himmel. Das bunte Herbstlaub der vereinzelt stehenden Bäume zeichnete sich kontrastreich vom blauen Himmel ab. Richter war noch immer mit dem Leichnam beschäftigt. Die Kollegen vom Erkennungsdienst gingen ebenfalls ihren Pflichten nach. Hier konnte er im Moment nicht viel ausrichten.

»Vierhaus, Sie bleiben hier, bis die Spurensicherung fertig ist. Schauen Sie sich in der Zwischenzeit bei der DLRG und dem Kanuverein um.« Humboldt zeigte zu einem langen Gebäude, das an den Radweg angrenzte. »Vielleicht hat dort jemand etwas gesehen oder gehört. Das Übliche eben. Lara und ich fahren rüber zum Institut von diesem …?« Humboldt versuchte, sich an den Namen des Klinikchefs zu erinnern.

»Dr. Stefan Wiesinger«, half ihm Marc Vierhaus auf die Sprünge.

»Richtig, Wiesinger. Alles klar? Wir treffen uns später im Kommissariat.« Damit nickte Humboldt Lara König zu. Auf dem Weg zu seinem Auto drehte er sich noch einmal um.

»Und Marc! Das nächste Mal bleibt der Zeuge vor Ort. Und wenn er eine Audienz beim Landeschef persönlich hätte. Ist das klar?«

Marc Vierhaus grummelte ein paar unverständliche Worte, nickte aber zähneknirschend in Humboldts Richtung. Das Grinsen auf Lara Königs Gesicht blieb ihm nicht verborgen.

Beim Betreten des Wiesinger Sportinstituts zog Humboldt die Nase kraus. Er hatte ja mit allem gerechnet. Mit dem typischen Klinikgeruch, vielleicht auch mit dem Duft von Sportsalben, irgendwie holzig und eukalyptusartig. Aber hier roch es eindeutig nach Wellnessfarm. Jedenfalls stellte er es sich so vor. Er selbst hatte sich den angeblichen Luxus bisher nie gegönnt. Für ihn bedeutete Ausspannen, seine Kletterschuhe anzuziehen und einen interessanten Gipfel zu erklimmen. Humboldt hatte Mühe, den Zitrusduft und die Ausdünstungen der Räucherstäbchen zu ignorieren. Ein kurzer Blick auf seine Kollegin bestätigte ihm, dass er das wohlwollende Seufzen richtig gedeutet hatte. Im Vorbeigehen zog Lara König einen der bunten Prospekte aus einem Ständer und begann eifrig darin zu blättern.

Humboldt räusperte sich. »Hm, dann schauen Sie sich mal hier um, ich versuche Henning Schubert ausfindig zu machen. Und Lara –«

»Ja, ja, schon gut, Chef. Ich nehme das mit nach Hause.« Dabei hielt sie den bunt bebilderten Wellnessprospekt in die Höhe. »Ich niste mich dann hier ein, wenn der Fall gelöst ist.« Lächelnd straffte sie ihre Schultern und ging mit festem Schritt in Richtung Patientenzimmer.

Humboldt läutete an der Anmeldung ein leises Glöckchen. Erst jetzt fiel ihm auch die zarte orientalische Musik auf, die offenbar nur in das Unterbewusstsein dringen sollte. Er spürte eine leichte Aggression aufkommen. Die Dame an der Anmeldung, die sich als Frau Messner vorstellte, sah dann doch wieder bodenständig genug aus, sodass Humboldt zur gewohnten Routine zurückkehren konnte.

»Humboldt, Kripo Dresden«, stellte er sich vor und zückte seinen Ausweis. »Ich muss mit einem Patienten namens Henning Schubert sprechen. Es wird nicht lange dauern.«

Frau Messner, um die fünfzig und leicht übergewichtig, starrte den Ausweis mit weit aufgerissenen Augen an.

Wenn sie sich noch ein Stück weiter nach vorn beugt, landet ihre lange Kette in der Kaffeetasse, dachte Humboldt. Gerade wollte er sie darauf aufmerksam machen, da sprudelte Frau Messner auch schon los: »Ei, also so ist das? Ich habe mich schon immer gefragt, wie sich das anfühlt, wenn mal ein echter Kommissar vor einem steht. Wissen Sie, ich lese sehr viele Krimis, und sonntagabends darf keiner bei mir klingeln. Da ist Tatortzeit!« Verschwörerisch riss Frau Messner die Augen noch weiter auf, und dann passierte es. Die Kette landete doch im Kaffee. Das brachte Frau Messner wieder auf den Boden der Tatsachen. Sie räusperte sich. »Entschuldigung, was genau wollten Sie noch mal?«

Humboldt musste sich ein Lächeln verkneifen. Wie unterschiedlich doch immer wieder Menschen auf seinen Ausweis reagierten. »Henning Schubert?«

»Ach ja …« Frau Messner kam um den Tresen herum. »Bitte folgen Sie mir.« Mit geradem Rücken und leicht nach vorn gerecktem Kinn stolzierte sie an Humboldt vorbei. Das Ende der im Kaffee ertränkten Kette, die sie immer noch um den Hals trug, hielt sie in einer Hand verborgen. Der braune Fleck auf ihrem lilafarbenen Kasack, der typischen Schwesternkleidung, war allerdings nicht zu übersehen.

Frau Messner passierte den Eingangsbereich und ging in den anderen Teil des Gebäudes. An einer Tür mit dem Schild »Privat« blieb sie stehen. Statt zu klopfen, zog sie eine Schublade aus der Wand, entnahm ihr einen Zettelblock und schrieb etwas darauf. Humboldt blieb verwundert neben ihr stehen. Noch ehe er fragen konnte, drehte sich Frau Messner ihm zu und erläuterte: »Bevor Sie einen Patienten von uns zu Gesicht bekommen, müssen Sie erst ein Gespräch beim Chef beantragen. Das habe ich jetzt gerade für Sie getan. Dr. Wiesinger möchte nicht gestört werden. Deshalb müssen wir unsere Anliegen hier notieren.« Damit schob sie die Schublade mit einem Ruck wieder zurück.

Verblüfft fragte Humboldt: »Und jetzt?«

»Jetzt können Sie es sich in unserem Besucherbereich bequem machen.« Sie zeigte auf eine moderne Sessellandschaft. »Der Herr Doktor wird sofort bei Ihnen sein. Bitte entschuldigen Sie mich.« Frau Messner drehte sich um und steuerte eilig auf die Damentoilette zu.

Humboldt setzte sich widerwillig in einen der cremefarbenen Sessel. Diese Klinik führte anscheinend ein anderes Eigenleben als die Kliniken, die er bisher gesehen hatte. Er sah skeptisch zu dieser merkwürdigen Schublade neben der Tür von Dr. Wiesinger. Offensichtlich durfte niemand den Raum betreten. Aber warum? Sein Blick glitt weiter die Wand entlang. Hier hingen farbenfrohe abstrakte Gemälde, die perfekt zum Ambiente passten. Am Ende des Flurs lief die bebilderte Wand in einem rechten Winkel zurück bis zum Toilettenbereich. Erst jetzt fiel Humboldt auf, dass sich in diesem Gebäudeteil nur eine einzige Tür befand: die Privattür von Dr. Wiesinger. Bevor Humboldt weiter darüber nachdenken konnte, was sich dahinter verbarg, sah er Lara König. Diese ganze Atmosphäre hatte ihn dermaßen durcheinandergebracht, dass er richtig froh war, ein vertrautes Gesicht zu sehen.

Lara König hingegen schien guter Dinge zu sein. Fröhlich lächelnd setzte sie sich in den Sessel neben Humboldt. »Und? Konnten Sie schon mit unserem Zeugen sprechen?«

Humboldt winkte ab. »Erst müssen wir mit dem Chef des Instituts reden, und der kommt hoffentlich jeden Moment aus seinen heiligen Hallen.« Mit ausladender Handbewegung deutete er auf Wiesingers Privatbereich.

Lara König bemerkte seinen Unmut gar nicht. »Ich habe schon mit zwei Patienten gesprochen. Henning Schubert war allerdings nicht dabei. Er ist im Moment noch im Wellnessbereich.« Sehnsuchtsvoll zeigte sie auf die Glastür links neben den Toilettenanlagen. »Obwohl, das könnte er sein.«

Gerade trat ein Mann in einem Bademantel mit hochrotem Kopf aus der Glastür. Zielstrebig ging er auf eines der Patientenzimmer zu.

»Soll ich?«, fragte Lara König und stand von ihrem Platz auf.

Die Tür neben ihnen öffnete sich, und ein Mann mittleren Alters, circa einen Meter siebzig groß, drahtig und mit beträchtlichem Haarschwund auf dem Kopf, kam lächelnd mit ausgestreckten Armen auf sie zu. Ehe Humboldt es sich versah, umschlossen Wiesingers weiche Hände seine. »Herr Kommissar. Was kann ich für Sie tun?«

Humboldt versuchte, dem Griff so schnell wie möglich zu entkommen. Auch das passte wieder nicht zusammen. Wie konnte jemand, der so athletisch aussah, einen derart schwammigen Händedruck haben? »Herr Dr. Wiesinger, schön, dass Sie sich Zeit nehmen konnten. Das ist meine Kollegin Lara König. Mein Name ist Humboldt.«

»Ja, natürlich. Ich weiß, wer Sie sind.«

Humboldt betrachtete Wiesinger eingehend und überlegte fieberhaft, ob sie sich schon einmal begegnet waren. Wenn ja, dann konnte er sich nicht daran erinnern.

»Meine Assistentin, Frau Messner, war so freundlich, mir Ihren Namen mitzuteilen. Und ich habe die Angewohnheit, mich erst über meine Gesprächspartner zu informieren. Dank Internet ist das heutzutage ja kein Problem mehr.« Wiesingers kleine dunkle Augen blitzten dabei kurz auf. Noch ehe Humboldt den Blick deuten konnte, wandte sich Wiesinger Lara König zu. »Sie wurden mir leider nicht angekündigt. Aber bitte setzen Sie sich doch. Möchten Sie einen Kaffee?«, fragte er in die Runde.

Rasch schüttelte Humboldt den Kopf. Jetzt musste er erst mal wieder das Zepter in die Hand nehmen. Schließlich hatten sie eine Tote. Er berichtete in knappen Sätzen, warum sie im Institut waren. Ihm fiel auf, dass Wiesinger ihn die ganze Zeit nicht aus den Augen ließ. Was dieser unangenehme Arzt in seiner widersprüchlichen Klinik trieb, war ihm egal. Humboldt wollte nicht noch mehr Zeit verlieren. Er musste die Befragung des Zeugen zügig hinter sich bringen.

»Und nun müssen wir mit Henning Schubert sprechen. Und zwar am Tatort. Er musste ja vorhin so schnell weg.« Humboldt konnte es kaum erwarten, die Klinik zu verlassen.

Wiesinger nickte. »Kein Problem. Im Moment steht sowieso eine Ruhepause an. Er hat erst heute Nachmittag wieder sein Pensum zu absolvieren.« Er erhob sich und sprach kurz mit Frau Messner, die daraufhin verschwand.

Humboldt atmete tief aus.

Lara König schaute ihn skeptisch an. »Alles in Ordnung, Chef?«

Humboldt zuckte die Schultern. Er wollte gerade aufstehen, als eine Putzfrau mit einem grasgrünen Kopftuch aus den Sanitäranlagen trat. Aus den Augenwinkeln nahm er eine Reaktion bei Wiesinger wahr. War dieser zusammengezuckt?

Wiesinger eilte auf die Putzfrau zu und redete leise, aber eindringlich auf sie ein. Die Frau wirkte eingeschüchtert, nickte nur immerzu und verschwand schließlich im Wellnessbereich.

»Scheint ja ein toller Chef zu sein. So kann man doch nicht mit seinen Angestellten umgehen«, flüsterte Lara König empört.

Humboldt winkte ab. Er konnte das alles hier nicht mehr ertragen, und der Duft löste bei ihm allmählich heftige Kopfschmerzen aus. »Ich warte draußen auf Sie und Schubert.« Damit eilte er zur Drehtür hinaus.

Donnerstag, 3. Oktober, morgens

»Mist!« Amelie Legrand warf ihr Handy auf den Schreibtisch. »Wo soll ich denn nun noch anrufen? Sie kann sich doch nicht in Luft aufgelöst haben!«

Seitdem sie ihr Medizinstudium an der TU Dresden begonnen hatte, musste Amelie sich ein paar Euro dazuverdienen. Hauptsächlich, weil sie nicht in einem Wohnheim leben wollte. Sie hatte schnell eine schöne Wohnung mitten in der Neustadt gefunden. Nebst zwei Mitbewohnerinnen, Asha und Babette. Dresden war so ganz anders als Paris, ihre Heimatstadt. In Paris tobte immer das Leben. Zu viele Autos, zu viele Touristen, zu viel Familie. Aus diesem Grund wollte Amelie nach Dresden. Ihr Großvater hatte oft von dieser Stadt an der Elbe geschwärmt. Er war hier geboren und hatte bis zu seinem fünfzehnten Lebensjahr in einem Vorort von Dresden gewohnt. Dann kam der Krieg. Und als er aus einem Lazarett in Paris nach Kriegsende entlassen wurde, blieb er bei der hübschen Krankenschwester, die ihn so hingebungsvoll gepflegt hatte. Nun lebte ihr Großvater nicht mehr. Aber sie konnte sich noch gut an die Geschichten erinnern, die er ihr manchmal abends vor dem Schlafengehen erzählt hatte. In ihnen war immer ein kleines Mädchen auf Abenteuertour durch Dresden unterwegs. Mal musste sie einen kleinen Hund aus dem Carolasee im Großen Garten retten, mal war ein Vögelchen aus einem Nest an der Frauenkirche, das in einem Fenstersims gebaut war, gefallen, und nur das Mädchen konnte ihm helfen. Und einmal war das Mädchen versehentlich in einen falschen Zug gestiegen und in der Sächsischen Schweiz gelandet.

Amelie lächelte. Wenn sie Probleme hatte, fiel ihr das kleine Mädchen ein. Unbewusst hatte ihr Großvater mit seinen Geschichten den Grundstein zum Lösen vieler Probleme gelegt. Oder hatte er das vielleicht beabsichtigt?

»Und, Bon-Papa? Wo soll ich noch suchen?« Amelie lehnte

sich in ihrem Schreibtischstuhl weit zurück und schaute an die Decke. Also: Asha ist seit mehr als zehn Wochen verschwunden. Nicht ganz verschwunden. Sie wollte zu ihrer Familie nach Indien. Jedenfalls hatte sie ihr das erzählt. Am Telefon hatte Amelie jedoch gerade erfahren, dass Asha in diesem Sommer nicht wie sonst bei ihrer Familie war. Eigentlich wollte Asha schon gestern zurück sein. Sie wusste doch, dass heute der Fototermin anstand. Diese Unzuverlässigkeit passte so gar nicht zu ihr.

Amelie seufzte und rollte mit ihrem Stuhl wieder näher an den Schreibtisch heran. Das wären herrliche Aufnahmen geworden. Das Licht in den Weinbergen musste heute phantastisch sein. Dazu noch die bunte Laubfärbung.

Missmutig sortierte sie die bisherigen Fotos von Asha. Das war schon großes Glück gewesen, als Fotografin für das Modemagazin »Big Pretty« arbeiten zu dürfen. Sie hatte sich damals einfach auf ein Stellenangebot gemeldet. Eigentlich sollte es nur aushilfsweise sein. Aber nach ihrem ersten Auftrag wollte die Chefredakteurin weiter mit Amelie arbeiten. Da kam ihr die Ausbildung zur Fotoassistentin, die sie in Paris gemacht hatte, zugute. Die freiberufliche Arbeit passte bestens zum Studium.

Für das Novemberheft von »Big Pretty« war eine Doppelseite mit Mode für Mollige vor ungewöhnlichen Plätzen vorgesehen. Und Amelie durfte tatsächlich die Fotos dafür machen und sich die Plätze aussuchen. Und das Model. Wieder lächelte sie. Asha war das perfekte Model. Mit ihrer indischen Ausstrahlung bildete sie einen wunderbaren Kontrast zu Dresdens Sehenswürdigkeiten. Egal, was Asha anhatte, sie sah in allem einfach hinreißend aus. Sie war mollig und dabei äußerst attraktiv.

Was hatten sie für einen Spaß gehabt! Ob im Fußballstadion an der Lennéstraße, am Elbufer mit Blick auf die historische Altstadt oder auf der Basteibrücke in der Sächsischen Schweiz. Natürlich durfte eine Aufnahme in der Yenidze nicht fehlen. Wie einem Märchen aus Tausendundeiner Nacht entsprungen sah Asha aus. So glücklich hatte Amelie sie noch nie gesehen.

Irgendwann Ende Juni, Amelie hatte gerade von ihrer Chefin erfahren, dass das Erscheinungsdatum der Doppelseite auf den

November verschoben war, wurde Asha stiller. Sie zog sich zunehmend in ihr Zimmer zurück, ging nicht mehr mit aus und hatte keinerlei Interesse, die aktuellen Fotos zu sehen. Natürlich machte sich Amelie Gedanken. Anfangs glaubte sie, Asha wolle sich ganz und gar auf ihr Informatikstudium konzentrieren. Aber es musste noch etwas anderes sein. Sie hatte sich ein neues Handy, diesmal ein Smartphone, zugelegt und telefonierte damit deutlich mehr als bisher. Amelie vermutete erst, dass es Probleme innerhalb der Familie gab. Aber warum fuhr Asha dann nicht hin? Amelie hatte Asha manchmal heimlich in der Küche beobachtet und ihr verträumtes Gesicht gesehen. Sie überlegte, dass vielleicht auch ein Liebhaber hinter Ashas Veränderungen stecken könnte.

Es klopfte an ihrer Tür. Ohne auf Antwort zu warten, ging die Tür auf, und Babette, die zweite Mitbewohnerin und Amelies enge Freundin, stürmte herein. Babette war das ganze Gegenteil von Asha. Laut, fröhlich, immer optimistisch.

»Und? Hast du schon was von unserem *Model* gehört?« Babette warf sich schwungvoll in Amelies Sessel und machte es sich bequem.

»Du weißt, dass sie den Ausdruck nicht mag«, wies Amelie Babette zurecht. »Und nein, ich habe leider nichts gehört. Sie ist weder am Campus gesehen worden noch bei ihrem Onkel in Berlin. Mit ihm habe ich gerade telefoniert. Er weiß auch nicht, wo sie ist, denkt aber, dass es ihr gut geht. Sie hat wohl eine Menge Geld an ihre Eltern in Indien geschickt.«

»Wo hat sie das denn her?« Babette richtete sich auf. »Sie war doch immer pleite. Wie kann sie da Geld an ihre Eltern schicken?«

»Vielleicht hat sie gespart«, erwiderte Amelie, konnte aber selbst nicht so recht daran glauben.

»Hm, wovon? Sie hatte nur den Modeljob bei dir. Sonst war sie doch immer hier.« Babette sprang auf und ging zur Tür.

»Was hast du vor?«, fragte Amelie ahnungsvoll.

»Ich schau mich jetzt mal in ihrem Zimmer um. Oder hast du noch eine Idee, wo sie sein könnte?« Babette nahm den Generalschlüssel aus dem Schlüsselkasten und öffnete Ashas Tür.

Amelie stürzte hinterher. »Babette, das kannst du nicht machen. Wir können doch nicht einfach in ihren Sachen wühlen.«

»Ich will nur schauen, nichts anfassen.« Das Zimmer war wie immer blitzsauber aufgeräumt. Seufzend drehte sich Babette einmal um sich selbst. »Wie kann man in so einem ordentlichen Zimmer leben? Was hat sie denn jeden Abend hier gemacht? Einen Fernseher gibt es nicht. Nicht mal ein Radio.«

Amelie stand jetzt hinter Babette. Es roch exotisch, eine ganz leichte Brise durchwehte das Zimmer. Auch sie bewunderte immer wieder Ashas Disziplin. Allerdings gefiel Amelie ihr eigenes Zimmer besser. Sie fühlte sich wohl, wenn überall persönliche Dinge herumstanden. Aber hier? Nicht mal auf dem Schreibtisch oder dem Nachtschränkchen lag irgendetwas. Kein Buch, keine Zeitschriften, kein Laptop. Lediglich ein Bild ihrer großen Familie stand am Bett. Auf dem Fensterbrett entdeckte sie Räucherstäbchen und eine Teekanne. Daneben einen kleinen Elefanten. Hatte der schon immer da gestanden?

»Und jetzt?«, fragte Amelie. »Hier werden wir nichts rausbekommen.«

Sie verließen das Zimmer und setzten sich gemeinsam an den Küchentisch.

»Vielleicht sollten wir zur Polizei gehen«, sagte Amelie sorgenvoll.

»Und was willst du ihnen sagen? Wir wissen gar nichts über Asha. Vielleicht hat sie einen reichen Freund gefunden und muss nie wieder arbeiten.« Babette stupste Amelie sacht an die Schulter. »Ach komm, sie wird bestimmt morgen auftauchen. Dann kannst du deine Fotos immer noch machen.«

Skeptisch verzog Amelie das Gesicht. Irgendetwas war komisch an der Sache. Asha war sonst immer zuverlässig. Amelie schaute Babette bedrückt an. »Wenn sie bis morgen nicht aufgetaucht ist, gehe ich zur Polizei.«

Donnerstag, 3. Oktober, früher Nachmittag

Auf dem Tisch im Besprechungsraum des Polizeireviers standen mehrere Kannen Kaffee. Die meisten davon waren schon leer. Auch die Kuchenplatte, die Lara König auf dem Rückweg vom Elbstrand in die Stadt mitgebracht hatte, zeigte große Lücken.

»Hm, lecker. Lara, du bringst aber auch immer die besten Kuchen mit.« Frank Stein, der seit einer Schussverletzung am Knie im Innendienst war, lächelte freundlich. Er öffnete noch einmal den Mund, als ob er noch etwas hinzufügen wollte, aber die bedrückte Stimmung am Tisch ließ ihn verstummen.

»Eierschecke und Streuselschnecken gehen doch bei euch immer«, erwiderte Lara König unbeeindruckt und verzog dabei leicht genervt das Gesicht.

»Los, Leute. Fassen wir noch einmal alles zusammen.« Humboldt stand auf und trat an das Flipchart. »Wir wissen nicht, wer die Tote ist.« Dabei malte er neben das Bild der Toten ein großes Fragezeichen. »Wir wissen noch nicht mal, woran sie gestorben ist. Richter hatte ja seine Zweifel am Tod durch Ertrinken. Äußere Gewalteinflüsse konnte er aber auf den ersten Blick auch nicht feststellen. Unser Zeuge Schubert brachte uns keine weiteren Erkenntnisse. Er hat sie lediglich gefunden, als er beim morgendlichen Joggen mal pieseln musste. Seine langatmige Erklärung, warum es ihm dann vergangen war, erspare ich euch.« Humboldt schrieb auf die andere Seite des Flipcharts den Namen des Zeugen und darunter »Sportinstitut, Dr. Stefan Wiesinger«. Bevor er weitersprach, setzte er sich wieder an den Tisch. »Über die eigenartige Atmosphäre in dieser Klinik haben Lara und ich schon ausgiebig berichtet. Marc, haben Sie zum Fundort noch etwas hinzuzufügen?«

Marc Vierhaus setzte sich kerzengerade auf. »Die Kriminaltechnik hat bisher nichts Nennenswertes gefunden. Ich habe ihnen allerdings gesagt, dass sie sich weiter stromaufwärtsarbeiten sollen. Am Fundort weist nichts auf ein Verbrechen hin. Das sagt zumindest Dr. Richter. Da aber die Leiche nicht lange im Wasser gelegen haben kann, meinte er ... also dachte ich, dass es vielleicht sinnvoll wäre, weiter oben zu suchen. Eventuell wurde sie an einer anderen Stelle ins Wasser geworfen und hat sich einfach am Ufer verheddert. Die Taucher sind übrigens gerade angekommen, als ich los bin. Sie melden sich, wenn es etwas Neues gibt.« Zufrieden lehnte Marc Vierhaus sich zurück.

Humboldt nickte anerkennend. »Gut gemacht. Vielleicht bringt uns die KTU ja tatsächlich noch einen Hinweis.«

Stein räusperte sich. »Übrigens habe ich in unserer Vermisstenkartei bisher auch nichts gefunden. Bin aber noch nicht ganz durch.« Das rollende R in Steins Aussprache amüsierte Humboldt immer wieder. Sie kannten sich schon seit so vielen Jahren, aber er hatte es bisher noch nicht geschafft, mit Stein in seine Heimat zu reisen. Obwohl die Oberlausitz nur knapp zwei Stunden entfernt lag. Stein war ein richtig guter Ermittler. Wehmütig dachte Humboldt so manches Mal an die vielen gemeinsamen Stunden, in denen sie Täter gejagt hatten. Auf Steins Instinkt wollte Humboldt auch nach dessen Unfall nicht verzichten und beantragte sofort die Stelle für den Innendienst. Seitdem war alles anders. Seitdem gehörten auch König und Vierhaus zum Team, und das Gefüge hatte sich verschoben. Aber Humboldt machte immer wieder klar, dass Stein nicht der Hiwi für die Kollegen war.

»Okay, Frank, du gehst bitte weiter die Vermisstenmeldungen durch. Zur Not erweitere den Radius. Wer sagt uns, dass sie aus Dresden und Umgebung kam?« Humboldt stand auf und stützte sich mit den Händen auf dem Tisch ab. »Lara, Sie forschen mal, was es mit diesem Sportinstitut auf sich hat. Und vor allem, was dieser Wiesinger für ein Typ ist. Vorleben, Ausbildungen, Arbeitsstätten, das alles eben.«

Lara König machte sich nickend Notizen.

»Und Marc, wir –« Weiter kam Humboldt nicht.

Die Tür wurde aufgerissen, und herein stürmte Polizeipräsident Klaus-Dieter Noack, Leiter der Dienststelle Dresden. »Ich bin so schnell gekommen, wie ich konnte. War wieder auf einem

Treffen mit den Kollegen aus Chemnitz und Leipzig.« Noack zog sein Jackett aus und hängte es schwungvoll über die Stuhllehne. Dann setzte er sich neben Humboldt und sah ihn erwartungsvoll an. »Und, was haben wir?«

»Ähm, ja, eigentlich noch nichts. Ich war gerade dabei, die Aufgaben zu verteilen und –«

»Okay, was kann ich tun?« Noack lächelte in die Runde.

»Also, Herr Polizeipräsident … Im Moment gibt's noch nicht viel zu tun. Außerdem sind wir genug Leute, die …«, versuchte sich Humboldt aus der Affäre zu ziehen. Klaus-Dieter Noack war erst seit ein paar Monaten im Amt. Er kam aus Berlin, als der alte Dienststellenleiter in seinen wohlverdienten Ruhestand gegangen war. In den Dezernaten war man nicht daran gewöhnt, dass der oberste Chef sich mit an den Tisch setzte, die Hemdsärmel aufkrempelte und ermitteln oder anderweitig helfen wollte. Humboldt konnte sich nicht vorstellen, dass das in Berlin so lief. Obwohl es irgendwie sehr kollegial war, eben basisorientiert. Trotzdem. Was sollte Humboldt nun mit ihm machen? Da kam ihm die rettende Idee. »Sie könnten sich ja schon mal mit der Staatsanwältin in Verbindung setzen. Könnte ja sein, dass wir bald eine Durchsuchung haben, und dann weiß sie schon Bescheid.«

Noack schaute etwas enttäuscht drein, hatte sich aber gleich wieder unter Kontrolle. Er angelte sein Jackett von der Lehne und blickte noch einmal in die Runde. »Wenn es neue Erkenntnisse gibt oder ich irgendwie helfen kann, lassen Sie es mich wissen. Die Presse versuche ich noch, solang es geht, zurückzuhalten.« Mit großen Schritten verließ er den Raum.

Im selben Augenblick klingelte Humboldts Handy. Die Kollegen sahen ihn erwartungsvoll an. Auch Humboldt hoffte auf eine Spur. Vielleicht hatten die Taucher oder der Gerichtsmediziner etwas gefunden. Als er allerdings die Nummer auf dem Display sah, verfinsterte sich seine Miene. Er bedeutete den Kollegen, dass die Besprechung zu Ende war, und ging in sein Büro. Unterwegs nahm er das Gespräch an. »Moment bitte«, blaffte er in das Mobiltelefon.

Er zog die Tür seines Zimmers hinter sich zu und setzte sich an seinen Schreibtisch, der am Fenster stand. »Was gibt's?«, fragte Humboldt unfreundlich.

»Hallo, Herr Hauptkommissar!« Die Stimme am anderen Ende der Leitung war wesentlich freundlicher. »Sie haben eine Tote, habe ich gehört?«

Humboldt hörte förmlich ihr Lächeln. Christin Weißenburg, Journalistin beim »Elbflorenz Magazin«, war immer die Erste, die sich bei ihm meldete. Und zwar direkt bei ihm. Das hatte sozusagen Tradition. Allerdings ließ sich Humboldt auf keinen Deal mehr ein. Es hatte einen einzigen Fall gegeben, bei dem sie Informationen von ihm erhalten hatte. Und seitdem versuchte sie es immer wieder.

Humboldt holte tief Luft und legte die Beine auf den Fenstersims. Er lehnte sich weit zurück und drückte das Gespräch weg.

Ihre Augenlider waren bleischwer. Sie war so müde. Ihr ganzer Körper fühlte sich an, als wiege er Tonnen. Selbst das Atmen bereitete ihr große Probleme. Sie wollte nachdenken. Oder irgendetwas fühlen. Aber diese bleierne Müdigkeit, dieser einhüllende Nebel ließ sie immer wieder wegdämmern. Da! Eine Stimme sagte ihr, dass sie die Augen öffnen musste. Wer war das? Wer quälte sie so? Sie bemühte sich ja. Wieder schlummerte sie ein. Wieder hörte sie die Stimme. Diesmal eindringlicher. Sie versuchte, tiefer zu atmen. Vielleicht half das. Aber bis auf einen kleinen Spalt konnte sie die Lider nicht öffnen. Die Stimme ließ sie nicht in Ruhe. Nervte immer weiter. Wo kam sie her? Ihre Ohren dröhnten doch schon. Von innen. Genau. Die Worte kamen von innen. Es war ihre Stimme. Ein Ruck ging durch ihren Körper. Ein Blitz. Eine Erinnerung. Sie schlug die Augen auf und starrte in die Dunkelheit.

Lächelnd legte Christin den Hörer auf. Es war schon eine eigenwillige Beziehung zwischen ihnen beiden. Na ja, Beziehung konnte man das auch nicht nennen. Eher schon eine zweckgebundene Verbindung. Sie war immer wieder erstaunt, dass

Humboldt so gelassen reagierte, wenn sie sich bei ihm meldete. Informationen gab er natürlich keine preis, aber so blieb sie doch bei ihm in Erinnerung, und vielleicht zahlte sich das eines Tages aus.

Vor drei, vier Jahren war sie Humboldt auf der Spur gewesen. Damals ging es ihm ganz mies. So mies, dass er im Rotlichtmilieu bei Walli Unterschlupf suchte. Christin arbeitete damals noch bei der Klatschspalte ihres Arbeitgebers. Und so einen Fang wie den Kriminalhauptkommissar der Stadt Dresden im Puff auf frischer Tat zu ertappen, das wäre schon eine große Meldung wert gewesen. Tagelang hatte sie ihn beschattet. Und täglich kam er zur gleichen Uhrzeit nach Löbtau in die Reisewitzer Straße. Sie witterte damals den ganz großen Coup. Humboldt schlich Abend für Abend in den Etablissements umher, ohne sich auch nur einer einzigen Dame zu nähern. Den Fotos, die sie geschossenen hatte, hätte man allerdings anderes entnehmen können. Als sich nach mehreren Wochen des Beschattens und unendlich vielen schlaflosen Nächten immer noch nichts tat, beschloss sie, Humboldt mit den Bildern zu konfrontieren. Eigentlich hasste sie diese Arbeit. Sie wollte als vollwertige Journalistin arbeiten, wollte Ungerechtigkeiten aufdecken oder den Menschen mit ihrer Recherche und ihren Berichten solide Unterhaltung bieten. Stattdessen saß ihr ständig ihr Chef im Nacken und lechzte nach der nächsten Sensation. Ihre vielen Gesuche auf Versetzung in ein anderes Ressort waren bis dahin auf taube Ohren gestoßen. Aber sie wusste, dass sie mehr konnte. Natürlich war es nicht die feine Art, sich so Informationen zu erschleichen. Immer wieder plagte sie das schlechte Gewissen, aber im Großen und Ganzen ließ es sich gut damit leben. Irgendwie nahmen die Dinge damals ihren Lauf. Nachdem Humboldt die Bilder erhalten hatte, ging er schnurstracks zu seinem Chef und erzählte ihm die ganze Geschichte.

Humboldt war gerade frisch geschieden. Unglücklich geschieden. Getrennt von seiner Frau lebte er schon seit zwei Jahren, aber als diese die Scheidung einreichte, wurde Humboldt die Tragweite der Trennung erst bewusst. Wahrscheinlich hatte er immer noch gehofft, dass es wieder gut werden würde. Er hatte sich hinter seiner Arbeit versteckt, Überstunden geschoben und damit alles noch viel schlimmer gemacht. Das Loch, in das er damals gefallen war, war tief und schwarz. Nächtelang fuhr er kreuz und quer durch die Stadt. Er konnte das Alleinsein in seiner Wohnung einfach nicht ertragen. Selbst sein bester Freund Toni konnte ihn nur ab und an aus seiner Lethargie holen. Beim Klettern oder anderen sportlichen Aktivitäten. Eines Nachts jedenfalls landete Humboldt im Rotlichtmilieu. Vielleicht half das ja. Bevor er sich jedoch irgendeiner Dame nähern konnte, entdeckte er seine Schwester. Sie war viel jünger als er, und er hatte kaum noch Kontakt zu ihr. Was auch daran lag, dass er sehr selten seine Mutter besuchte. Ihre Vorhaltungen und die ständige Nörgelei, warum er kein Künstler, kein Musiker geworden war, sich stattdessen mit Toten umgab, konnte er einfach nicht mehr ertragen. Seine Mutter war eine fanatische Jazzliebhaberin. Daher kamen auch seine Vornamen. Charles Christopher. Benannt nach Charles Christopher Parker, einem Erfinder des Bebop. Alle nannten ihn später nur noch Charlie. Das wiederum löste in ihm eine Assoziation zu einer Fernsehserie mit einem Affen aus. In seinem Job stellte er sich immer nur mit seinem Nachnamen vor. Sicher kannten viele seine Vornamen auch gar nicht.

Vom ersten Entdecken an beschattete er seine Schwester Monique, benannt nach der Jazzsängerin Monique Aldebert. Er wusste nicht genau, was er tun konnte. Schließlich war sie erwachsen. Er wusste nur, dass er sie aus diesem Milieu rausholen wollte. Ansprechen konnte er sie natürlich nicht. Die Mahnungen des großen Bruders kamen nie gut bei ihr an. Also folgte er ihr jeden Abend. Es kristallisierte sich heraus, dass Monique ein bestimmtes Lokal bevorzugte. Sie ließ sich von verschiedenen Herren den Abend über aushalten. Es sah aus, als ob sie Champagner tranken. Gegen Morgen verschwand Monique wieder. Humboldt beobachtete sie vom gegenüberliegenden Nachtclub aus. Und so lernte er Walli kennen. Eines Tages kam Monique nicht mehr. Seitdem hatte er sie nicht mehr gesehen. Von seiner Mutter erfuhr er, dass sie ausgezogen und für irgendeinen Job eine Weile im Ausland unterwegs sei. Modeaufnahmen oder so. Das machte Humboldt stutzig. Monique wollte immer Modedesign studieren. Aber bisher hatte es nur zu einer Schneiderlehre gereicht. Und wenn er ehrlich war, glaubte er auch nicht daran, dass Monique das Zeug zu einem Studium hätte. Sie war zu flatterhaft. Heute hier eine Idee, morgen dort einen Hilfsjob. Und immer erzählte sie ihrer Mutter, dass es dabei um Kunst ging. Sie wusste, dass sie dann ihre Ruhe hatte. Die Mutter selbst lebte in einer anderen Welt. Alte Jazzplatten dudelten den ganzen Tag rauf und runter, hin und wieder kamen Freunde von früher aus der guten alten 68er-Zeit zu Besuch. Und noch seltener fuhr sie mit ebenjenen Freunden aufs Land, wie sie immer sagte. Was da abging, wusste Humboldt nicht, wollte es auch gar nicht wissen.

Das alles erzählte er seinem damaligen Chef, der mittlerweile im Ruhestand war. Dieser hatte dann die Idee, Christin mit an den Tisch zu holen. So erfuhr sie von der ganzen Geschichte. Humboldts Chef machte dann in väterlicher Manier den Vorschlag, dass Christin in einem anderen Fall Ermittlungsstände aus erster Hand, nämlich von Humboldt, erhalten sollte. Durch diese Informationen könnte sie versuchen, in ein anderes Ressort zu wechseln, und so hätte jeder etwas davon. Humboldt keine Schlagzeile und Christin ihren Aufstieg.

Christin klappte ihr Notebook zu und verstaute es in der Tasche. Sie schaute noch einmal aus dem Fenster. Eigentlich war es schade, dass sie jetzt abreisen musste. Die letzten zwei Wochen hatte sie sehr genossen. Vor etwa einem Jahr hatte Christin die Bergbaude ihrer Großmutter geerbt. Die einstige Schutzhütte hatten ihre Großeltern zu einem gut gehenden Restaurant nebst kleinem Hotel geführt. Viele Zimmer gab es nie. Maximal sechs Gästezimmer. Aber es reichte vollkommen aus. Das Restaurant lief besonders in den Sommermonaten hervorragend. Die Wanderer kamen in Scharen herbei. Von hier aus konnten sie bis nach Tschechien oder über das Tal in Richtung Zittau sehen. Die Wandertouren durch die Felsengasse bis nach Oybin hinunter gehörten zu Christins Lieblingsrouten, wenn sie in den Ferien bei ihren Großeltern war. Oft hatte sie auch im Restaurant ausgeholfen, und abends machte ihr Großvater dann ein Lagerfeuer für alle, die noch da waren, und sie grillten Würstchen oder Stockbrot. Die Erinnerungen daran waren so schön, dass es schon fast schmerzte. Deshalb war es Christin auch so wichtig, das Erbe ihrer Großmutter anzunehmen und die Bergbaude nicht zu verkaufen. Was sie einmal daraus machen würde, stand noch in den Sternen. Jetzt hatte sie sich erst einmal die kleine Wohnung hergerichtet. Der perfekte Rückzugsort, wenn es in Dresden mal wieder hoch herging und sie keine Ruhe zum Schreiben oder Recherchieren fand. Ein Wochenende in der Oberlausitz war wie ein kleiner Urlaub für sie.

Seufzend schnappte sich Christin ihre Tasche. Sie schloss alle Fenster und ging noch einmal durch die Wohnung. In der Hoffnung, dass sie bald wieder zurückkehren konnte, ließ sie das Chaos hinter sich und stieg in ihren knallgelben 500er-Fiat. Dieses hässliche Entlein hatte sie in einem Dresdner Autohaus entdeckt und sich sofort verliebt. Keiner wollte ihn haben. Also hatte sie ihn kurzerhand gekauft und war rundum zufrieden. Der Verbrauch war unschlagbar. Und im Innenraum gab es nicht so viel Platz, dass sich die Spuren ihrer Laster hätten sammeln können: leere Kaffeebecher, einsame Gummibärchentüten, Bananenschalen. Sie umkurvte die Baude einmal und bog in den Waldweg ins Tal ab. Jetzt hatte sie Zeit und konnte ihre Gedanken sortieren. Ein neuer Fall. Das bekannte Kribbeln machte sich breit. Vielleicht würde sie Humboldt doch noch ein paar Informationen entlocken können. Mental musste sie sich dafür gut wappnen. Es war immer ein Erlebnis, ihm zu begegnen. Sie konnte eine gewisse Vorfreude nicht leugnen.

Als Humboldt die Rechtsmedizin betrat, stand sein Kollege Marc Vierhaus schon bei Dr. Lorenz Richter und lauschte andächtig. Richter hatte sich gerade in das Thema Wasserleiche vertieft. Jetzt, da er Humboldt kommen sah, änderte er seinen Ton. Von belehrend zu rein sachlich. Humboldt wusste, dass Richter die

Neuen nie ganz ernst nahm. In seinen Augen mussten sie erst einige Fälle bestehen, um als vollwertige Ermittler zu gelten.

Humboldt deutete mit einem Nicken an, dass Richter loslegen konnte. Was sich dieser nicht zweimal sagen ließ. »Wie der Herr Kriminalhauptkommissar heute Morgen ja bereits selbst bemerkt hat, ist unsere Tote nicht ertrunken. Das konnte ich zweifelsfrei feststellen. Weder in den Atemwegen noch in den Bronchien konnten aspirierte Partikel festgestellt werden. Kein Lungenemphysem, keine Schaumbildung in Nase und Mund.«

Humboldt sah, dass Marc Vierhaus nachdenklich die Stirn in Falten legte.

Genau das hatte Richter beabsichtigt. Vergnügt wandte er sich Humboldts jungem Kollegen zu. »Lungenemphysem gleich Ertrinkungslunge. Dabei ist die Lunge voluminös aufgebläht, und beim Berühren der Oberfläche bleiben eingesunkene Areale zurück.«

Marc Vierhaus nickte eifrig.

»Die Schaumbildung entsteht aufgrund der Schutzreflexe. Das kennen Sie sicher. Wenn sich irgendetwas in Richtung Luftröhre bewegt, was da nicht hingehört, dann husten Sie. Genauso die Ertrinkenden. Ohne Erfolg natürlich.«

Bei den letzten Worten wandte sich Richter wieder konzentriert und leise nuschelnd der Toten zu, und Humboldt befürchtete schon, dass er noch keine weiteren Erkenntnisse über das Ableben der jungen Frau gewonnen hatte.

Doch dann nickte Richter gedankenverloren, und ein Grinsen machte sich auf seinem Gesicht breit. »Also, Humboldt, schau dir doch einmal das hier an.«

Nicht schon wieder, dachte Humboldt. Warum konnte dieser Mensch nicht einfach mal auf den Punkt kommen? Ohne Rätselraten. Aber was blieb ihm übrig, als die Spielchen mitzuspielen. Vielleicht kamen sie dann auch um einen weitschweifenden forensischen Bericht herum. Richter liebte es, Fachbegriffe einzubauen und damit sein Gegenüber bloßzustellen. Anscheinend war das eine Art Hobby für ihn. Denn ansonsten war er ein sehr umgänglicher Mensch.

»Was das bedeutet, kannst du dir ja sicher denken.« Richter riss ihn aus seinen Gedanken und deutete auf den linken Arm der Toten.

Humboldt sah mehrere Einstiche in der Innenbeuge. »Sieht nach Drogenkonsum aus«, sagte er knapp über die Schulter, damit auch Marc Vierhaus es hören konnte.

»Richtig. Und der Gesamteindruck?« Wieder hakte Richter mit einem Grienen im Gesicht nach.

»Wie ich ja schon am Fundort erwähnt hatte, sie sieht eher verhungert aus. Aber das kann ja auch eine Folge der Drogensucht sein, oder?«

Richter schnalzte mit der Zunge. »Das könnte man annehmen. Ja.« Er deckte die Leiche mit einem Tuch ab und ging an seinen Schreibtisch. »Ich habe zur Sicherheit mal ein Haar zur toxikologischen Untersuchung gegeben. Es wird sich bald herausstellen, ob und wie lange sie drogenabhängig war. Vielleicht hilft uns ja auch ihre DNA weiter. Oder weißt du schon, wen wir hier vor uns haben?«

Bedauernd schüttelte Humboldt den Kopf. Richter nahm die Brille ab und bat sie, sich zu setzen. Humboldt stöhnte innerlich. Jetzt war es zu spät. Um die ausführliche Analyse kamen sie nun nicht mehr herum.

»Also, ich habe mir die Einstichstellen am Arm genauer angeschaut. Mir scheint da eine schwere Paravasation im Spiel zu sein. Das heißt, die Infusion wurde versehentlich in das umgebende Gewebe statt in die dafür vorgesehene Vene gespritzt. Oder die Vene wurde durchstochen. Das kommt bei Drogenabhängigen nicht selten vor.« Richter machte eine kurze Pause, als wolle er das Gesagte noch einmal überdenken. Dann straffte er seinen Rücken und ging zu der Toten. Er schlug das Tuch zurück und betrachtete sie eingehend.

Humboldt und Marc Vierhaus drehten sich in ihren Stühlen so, dass sie in Richters Gesicht schauen konnten. Dieser nickte unaufhörlich vor sich hin.

Wenn er jetzt wieder zu brummeln anfängt, muss ich das Ganze abbrechen, dachte Humboldt.

Glücklicherweise setzte Richter erneut an: »Also könnte man meinen, wir haben es hier mit einer Drogentoten zu tun. Haben wir aber nicht. Ich habe jede Menge Methamphetamin in ihrem Körper gefunden. Und bei ihrem geringen Gewicht braucht es sicher keine große Dosis, um das gewisse Gramm zu viel zu haben. Aber trotzdem. Schaut sie euch doch einmal an.«

Nun traten auch Humboldt und Marc Vierhaus zu ihm. Humboldt erwartete wieder eine seiner Rätselstunden.

Aber diesmal fuhr Richter konzentriert fort: »Für eine Drogenabhängige ist sie viel zu kultiviert. Ich meine, sie ist furchtbar abgemagert, ja. Und das würde auch zum Konsum von Crystal Meth passen. Aber sie sieht trotz allem gepflegt aus. Hand- und Fußnägel sind sorgfältig geschnitten und lackiert. Die Augenbrauen gezupft. Für jemanden, der mit zitternden Händen die Nadel falsch setzt, ist sie einfach zu adrett. Und es gibt noch einen Punkt.« Er deutete auf den Bereich unterhalb der Brust. »Sie hatte sich einer Brust-OP unterzogen. Also Brustvergrößerung. Ich kann euch aber gleich den Wind aus den Segeln nehmen, die OP muss wunderbar verlaufen sein. Es sieht perfekt aus und ist auch schon mindestens ein halbes Jahr her. Übertrieben wurde auch nicht, sonst wäre uns ja sofort aufgefallen, dass es proportional nicht ganz zusammenpasst. Also … weitersuchen.«

Humboldt konnte Richters Äußerungen über die Frau nachvollziehen. Es gab allerdings auch genug Drogenabhängige in der Oberschicht. Die sahen doch sicher auch gepflegt aus. Während er noch grübelte, wurde die Tür der Rechtsmedizin schwungvoll aufgerissen.

Kati Mayerhoff, Richters Assistentin, trat schlecht gelaunt an den Tisch. »Chef, das ist jetzt schon das dritte Mal, dass ich meinen Urlaub verschieben muss. War denn sonst niemand greifbar? Ich meine, irgendwann habe sogar ich mal Erholung verdient! Oder wollen Sie demnächst die Kosten für meine Scheidung übernehmen?«

»Ja, ja, schon gut, Kati. Was hast du auch so schnell geheiratet! Heutzutage wartet man damit doch und versaut sich sein Leben nicht schon mit fünfundzwanzig. Und hier kannst du heute wieder richtig was lernen.« Er deutete auf die tote Frau.

Kati schlug sich die Hand vor den Mund. »Ach du Scheiße.«

»Was ist? Der Verkehrsunfall letztens sah doch wesentlich schlimmer aus.« Irritiert schaute Richter Kati an.

»Nee, es ist nur … Ich glaube, das ist die Maria. Also, ich kann es nicht genau sagen. Sie ist mit mir zur Schule gegangen. Allerdings hatte sie da eher Gewichtsprobleme in der anderen Richtung. Also, na ja, vielleicht ist sie es ja doch nicht.«

Das rüttelte Humboldt aus seinen Gedanken. »Kati, könnten Sie noch einmal genauer hinschauen? Wir haben bisher keinerlei Anhaltspunkte, wer die Frau sein könnte.«

Kati trat näher heran. Sie strich sich eine lange Haarsträhne hinter ihr Ohr und schaute der Toten ins Gesicht. Langsam bewegte sie den Kopf auf und ab. »Hm, ich würde sagen, sie ist es. Allerdings habe ich sie seit der Schule nicht mehr gesehen. Außer in den Klatschspalten des ›Elbflorenz‹ natürlich.«

Wieder horchte Humboldt auf. »Wieso in den Klatschspalten? Meinen Sie beim Magazin ›Elbflorenz‹?«

»Maria de Souza war ein Partygirl. Reiche Eltern, die nie da waren und ihr freien Lauf ließen, und jede Menge Verehrer.« Kati zog die Luft scharf ein. »Tja, da werden sicher einige traurig sein.«

»Sie nicht?« Humboldt schaute auf die Uhr. Später Nachmittag. Obwohl es ihm Magenschmerzen bereitete, konnte er vielleicht noch ein Treffen mit Christin Weißenburg für den heutigen Abend vereinbaren. Eventuell wusste sie etwas über die Tote.

»Ich kannte sie viel zu wenig. Aber ich hatte das Gefühl, selbst wenn wir uns näher gekannt hätten, wir wären nicht wirklich dicke Freundinnen geworden.«

»Okay.« Humboldt schaute Richter an. »Gibt es noch etwas, was wir wissen sollten?«

Richter nickte. »Ihr Magen-Darm-Trakt ist extrem gereizt. Und es sieht aus, als hätte sie jede Menge Joghurt oder andere Milchprodukte genossen. Hm, aber was es damit auf sich hat … Wir werden sehen.«

»Ich fürchte, du musst allein weiterforschen. Frau Mayerhoff brauchen wir jetzt im K11.« Humboldt wandte sich an Marc Vierhaus, der etwas abseits stand und Kati interessiert musterte. Sie hatte schwarzes, fransig geschnittenes Haar, einen Nasenring und ein Tattoo, das von ihrem Hals seitlich über den Rücken im T-Shirt verschwand. »Marc, bitte nehmen Sie Frau Mayerhoff mit und beginnen Sie schon einmal mit der Befragung. Ich muss noch woandershin.« Damit nickte er Richter dankend zu, der leicht genervt seine Brille zurechtschob. Nur Marc Vierhaus strahlte Kati an und deutete auf die Tür.

Donnerstag, 3. Oktober, gegen Abend

Humboldt schaute erneut auf die Uhr. Siebzehn Uhr achtzehn. Er nippte an seinem Wasser. Das fand er dem Anlass entsprechend. Vermutlich wollte Christin Weißenburg hier bei einem gemütlichen Abendessen ein Plauderstündchen halten, wovon er wenig hielt. Ein schneller Informationsaustausch würde genügen. Falls sie überhaupt noch auftauchen sollte.

Humboldt spähte über die kleine Hecke auf das Blaue Wunder. Seitdem das Hochwasser Ende Mai erneut alles verwüstet hatte, konnten die Gäste hier im Schillergarten nur draußen bewirtet werden. Voraussichtlich sollte im November wenigstens das Erdgeschoss des Restaurants wieder offen sein. Heute hatten sie Glück mit dem Wetter. Allerdings fand er ein Treffen an diesem Ort ziemlich geschmacklos. Schließlich war der Fundort der Leiche nur ein paar hundert Meter entfernt. Aber Christin hatte darauf bestanden.

Seine Gedanken wanderten wieder zu der toten Frau. Er konnte sich keinen Reim darauf machen, was mit ihr geschehen war. Die Informationen von Richter passten ins Bild, halfen ihm aber nicht wirklich weiter. Na, eventuell hatten sie wenigstens die Identität der Toten herausgefunden. Gerade zog Humboldt sein Handy aus der Tasche, um sich bei Marc Vierhaus nach der Aussage von Kati Mayerhoff zu erkundigen, als er schnelle Schritte hinter sich vernahm. Er brauchte sich nicht umzudrehen. Auch so wusste er, dass es Christin Weißenburg war. Sie trug immer elegante Absatzschuhe zu Jeans und anliegenden Oberteilen. Strahlend setzte sie sich auf den Stuhl ihm gegenüber. Ihr Oberteil war auch diesmal eng. Humboldt musste allerdings zugeben, dass es ihr sehr gut stand. Überhaupt, hätten sie sich unter anderen Umständen getroffen, sie könnte ihm schon gefallen. Oft hatte sie die blonden Haare zu einem Pferdeschwanz gebunden. Die blauen Augen strahlten, und hinter ihren vollen Lippen kamen perfekte weiße Zähne zum Vorschein. Die Worte, die über diese Lippen kamen, ließen Humboldt allerdings direkt wieder in die Realität zurückkehren.

»Und? Herr Kriminalhauptkommissar? Ihr Anruf vorhin klang ja sehr interessant. Was möchten Sie wissen?«

»Wie wäre es mit einer ordentlichen Begrüßung und einer Entschuldigung, warum Sie zu spät sind?« Wie konnte er diese Person nur anziehend finden?

Christin lächelte und lehnte sich seufzend zurück. »Ach, Sie wissen doch, dass wir Frauen immer zu spät kommen. Die Wimpern tuschen, die Haare hochstecken, die Fingernägel lackieren … Das alles braucht halt seine Zeit.«

Automatisch sah Humboldt auf ihre Hände und ärgerte sich im gleichen Atemzug. Wieso schaffte es diese Frau immer wieder, ihn zu provozieren?

»Nein, im Ernst. Ich komme gerade aus Oybin, und da sind zwei Stunden bis hierher im Berufsverkehr schon eine Leistung.«

Gern hätte Humboldt gewusst, was sie denn in der Oberlausitz zu tun hatte, aber seine Lust, danach zu fragen, hielt sich in Grenzen. Er sah, wie Christin den Kellner heranwinkte. Schnell ging er zum dienstlichen Teil über. »Also, schießen Sie los. Was wissen Sie?« Christin ließ sich nicht aus der Ruhe bringen. Das brachte ihn noch mehr auf die Palme.

»Ein Glas fruchtigen Weißwein und eine Tomatensuppe, bitte«, bestellte sie beim Kellner. »Essen Sie nichts?« Lächelnd sah sie ihn an.

»Nein, ich ermittle in einem Mordfall und habe wenig Zeit. Also …?«

»Und da darf man nichts mehr essen? Wie lange? Bis der Mord aufgeklärt ist?«

»Frau Weißenburg, bitte! Sie wissen ganz genau, dass ich keine große Lust auf dieses Treffen habe. Lassen Sie uns das Ganze nicht noch unnötig hinauszögern.«

»Okay, Sie haben recht.« Sie lehnte sich über den Tisch und sah Humboldt gespannt in die Augen.

»Tja, wir haben heute Morgen die Leiche einer jungen Frau am Elbufer gefunden und –«

»Wer hat sie gefunden? Und wo?«

Humboldt schnaufte. »Ein Jogger, der in der Wiesinger Sportinstitut am anderen Elbufer behandelt wird, hat sie ungefähr vierhundert Meter von hier elbaufwärts gefunden.«

»Okay. Erdrosselt und im Wasser entsorgt?« Christin wühlte in ihrer riesigen Handtasche herum. Endlich schien sie gefunden zu haben, was sie gesucht hatte: einen Notizblock, an dem ein Bleistift angebunden war.

Humboldt musste insgeheim schmunzeln. Den Tipp hatte er ihr einmal gegeben, als sich ein ähnliches Gespräch in die Länge zog, weil Christin keinen Stift fand und erst den Kellner darum bitten musste.

»Und?«

Humboldt schaute irritiert auf. Er hatte nicht bemerkt, dass Christin ihn forschend ansah. »Mehr kann ich Ihnen jetzt beim besten Willen nicht dazu sagen.«

»Ach kommen Sie. Sie wissen, dass ich bisher immer mein Wort gehalten habe.«

Humboldt sah sie an. Es stimmte, sie schrieb nur das, was er auch freigab. Trotzdem. »Wir brauchen Informationen über Maria de Souza. Vielleicht hatten Sie ja als Klatschreporterin mit ihr zu tun?« Er konnte sich die spitze Bemerkung nicht verkneifen.

»Oha. Und ob ich mit ihr zu tun hatte. Sie kennen Maria de Souza nicht?«

»Tja, liegt wohl daran, dass ich die Panoramaseite höchstens zum Fensterputzen nehme.« Zufrieden lehnte sich Humboldt zurück.

»Sie putzen Ihre Fenster noch mit Zeitungspapier?« Grinsend schaute Christin von ihrem Block auf.

Genervt sah er sich nach dem Kellner um. »Schön, haben Sie nun Informationen für mich? Ich muss weiter.«

Die Bedienung brachte den Weißwein und die Suppe.

»Bringen Sie mir bitte die Rechnung?« Humboldt fühlte sich auf einmal müde und ausgelaugt.

»Zusammen?«, wollte der Kellner wissen.

»Ja, zusammen. Setzen Sie das Wasser des Herrn auf meine Rechnung. Ich zahle später.« Christin wirkte enttäuscht. »Natürlich habe ich da einige Details für Sie.« Sie nahm einen Schluck Wein und machte sich dann daran, die Käseschicht auf der Suppe vorsichtig runterzulöffeln.

Humboldt setzte sich wieder bequem auf den Stuhl. Die Suppe roch verführerisch. Und sein Magen knurrte verdächtig. Aber mit einer Christin Weißenburg gemeinsam zu Abend zu essen, das brachte er nicht fertig.

Christin schloss kurz die Augen, als müsste sie nachdenken. »Solange ich Maria kannte, fiel sie auf. Ein richtiges It-Girl. Ständig war sie in den Medien. Und das nicht nur durch uns. Sie trug auffällige Kleidung. Mal schrill und bunt, mal schwarz. Oder Ton in Ton. Sehr speziell jedenfalls. Woher die Klamotten kamen, weiß ich nicht. Mitunter hatte ich den Verdacht, dass sie die Teile selbst genäht hat. Was hatte sie denn an, als Sie sie gefunden haben?«

Humboldt versuchte, sich zu erinnern. »Ich glaube, eine Leggings und ein T-Shirt. Das war nichts Besonderes.«

»Hm, sehr ungewöhnlich. Aber ihr Äußeres war noch nicht alles. Sie war dazu noch sehr gut in der Schule. Abi mit eins Komma zwei. Man hatte das Gefühl, ihr würde alles zufallen. Zu der Zeit wohnten ihre Eltern auch noch in Dresden. Jetzt leben sie auf Mallorca. Sie verkaufen Yachten. Teure Yachten, und die Käufer haben das nötige Kleingeld. Hier hatten sie ein Autohaus, das sie wohl für viel Geld verkauft haben, bevor sie ihre Zelte in Dresden für immer abgebrochen haben. Aus irgendeinem Grund wollte die damals schon volljährige Maria nicht mit. Wo man doch meinen könnte, dass das perfekt zu ihr gepasst hätte. Mallorca, Schickeria, Partys.«

»Was hat sie denn nach dem Abitur gemacht? Studiert?«

Christin zuckte die Schultern und seufzte. »Nichts! Sich zu der Person entwickelt, die ich Ihnen gerade beschrieben habe. Als ihre Eltern noch hier wohnten, hielten sich Marias Aktivitäten noch im Rahmen. Aber seitdem …« Sie schaute betrübt in die Ferne. »Und jetzt ist sie tot. Kaum zu glauben.«

Humboldt folgte ihrem Blick. Mittlerweile fing es an zu dämmern. »Mit wem hat Maria denn so verkehrt?« Er sah ihr in die Augen.

»Es gibt so einige Szene-Kneipen und angesagte Clubs in der Neustadt. Die Görlitzer Straße ist Ihnen ja sicher ein Begriff.« Christin lächelte Humboldt an.

Und ob er die Kneipen und Bars der Äußeren Neustadt kannte. Oft genug war er dort nach seiner Scheidung allein oder mit Freunden gewesen. Als er allerdings zu oft im »Blue Note«, einem Jazzclub, oder auch bei Straßenfesten seiner Mutter begegnet war, hatte er sich ein wenig zurückgezogen. Dass in der Neustadt Publikum jeglichen Alters zu finden war, hatte er damals natürlich auch mitbekommen. Aber dass solche flippigen Teenies wie Maria sich dort unters Volk mischten, das konnte er sich nicht vorstellen.

Christin schien seine Gedanken lesen zu können. »Natürlich war Maria nicht in gewöhnlichen Kneipen unterwegs. Das waren dann schon eher die Lounges mit den teuren Cocktails. Sie wollte nicht essen und tanzen. Sie wollte gesehen werden. Was auch immer sie damit bezweckt hatte. Mit ihren extravaganten Outfits war sie leider eher den falschen Leuten aufgefallen. Und dementsprechend dann auch uns, der Presse.«

»Welchen Leute?« Humboldt unterdrückte ein Gähnen.

»Drogendealern, Aktfotografen, solchen Leuten eben. Auch als Kühlerfigur auf schnellen Schlitten hat sie sich gut gemacht. Alles immer in der gehobenen Klasse, versteht sich.«

»Und das bedeutet?«

»Na, wir haben sie nie mit Drogen erwischt, es gab meines Wissens nur schöne Aktfotos von ihr, keine Skandalfotos …«

»Für die waren ja auch Sie dann zuständig.« Humboldts bissige Bemerkung rang Christin nur ein mildes Lächeln ab. Entschuldigend hob er die Hand. Sie hatte ihm ja wirklich einige Anhaltspunkte zu der Toten geliefert. »Okay. Danke.« Er schob den Stuhl zurück und wartete auf Christins Reaktion.

Sie schien kurz zu überlegen, nickte aber dann zustimmend. »Dann hoffe ich, dass Ihr Kühlschrank noch etwas hergibt. Sie sehen aus, als ob Sie dringend die menschlichen Grundbedürfnisse bedienen sollten.« Lächelnd stand Christin auf und reichte Humboldt die Hand.

Humboldt erwiderte kurz ihren Händedruck. Das war neu. Bisher waren sie immer auf Abstand geblieben. Und er fand es auch besser so. Demnächst würden sie sich noch mit Küsschen begrüßen. Ohne ein Wort zu sagen, drehte er sich um und verließ das Lokal.

Freitag, 4. Oktober, morgens

Humboldt wärmte sich die Hände an seiner Kaffeetasse. Es war über Nacht merklich kühler geworden. Aber es sollte wieder ein schöner Tag werden, das ließ zumindest der blaue Himmel erahnen. Der gestrige Abend war nicht so entspannt verlaufen, wie er gehofft hatte. Zwar hatte er noch verwertbare Reste in seinem Kühlschrank gefunden, aber nach dem Essen lief er rastlos durch seine Wohnung. Für einen ausgiebigen Spaziergang im Großen Garten war er zu müde, schlafen konnte er jedoch auch nicht. Die Notizen zum Fall Maria brachten auch keine Ruhe in sein Innerstes. Er hatte die Aufgaben für den nächsten Tag verteilt, Zusammenhänge aufgezeichnet und wieder verworfen und war am Ende doch zu dem Schluss gekommen, dass sie bisher einfach zu wenig wussten. Schlussendlich zog er sich seine Kletterschuhe an und trainierte noch eine Stunde an der Boulderwand im Flur seiner Eigentumswohnung. Die Anschaffung dieser Kletterwand empfand er als die beste der letzten Jahre. So konnte er seine Gedanken sortieren oder Ordnung in sein Gefühlsleben bringen, ohne in irgendein Sportstudio gehen zu müssen. Er mochte keine Studios, ihr Geruch erinnerte ihn jedes Mal an die Umkleideräume seines früheren Fußballvereins: Linoleumböden, Heizungsrohre, Männerschweiß. Die Erinnerung war keine gute. Sportlich war er schon immer gewesen, daran hatte es nicht gelegen. Und er mochte auch die Fußballfreunde. Aber die Sache mit dem Ball war nichts für ihn. Und das hatte der Trainer natürlich schnell erkannt. Immer hatte Humboldt das Gefühl, dass er ihn auf dem Kieker hatte. Bei Dribbeleinheiten musste er öfter als andere ran, und wenn Elfmeterschüsse geübt wurden, sollte er sich jedes Mal direkt wieder hinten anstellen. Vielleicht hatte es der Trainer nur gut gemeint. Trotzdem blieb bei Humboldt ein komisches Gefühl. Als brauchte der Trainer jemanden, den er als abschreckendes Beispiel vorführen konnte. Logische Folge war, dass er zu den

Spielen höchst selten eingesetzt wurde. Und so ignorierte er irgendwann die Forderung seines Vaters, ein guter Fußballspieler zu werden, und meldete sich ab. Da war er gerade dreizehn geworden. Die viele freie Zeit nutzte Humboldt dann, um sich ein neues sportliches Hobby zu suchen. So kam er zum Klettern. Das Training in der Halle machte ihm Spaß. Die Krafteinheiten bauten wenigstens die Muskeln seines hageren Körpers auf, und das Klettern am Felsen in der Natur entsprach genau seinem Verständnis von sportlicher Freizeitgestaltung. Kraft, Geschicklichkeit und vorausschauendes Denken wurden zur täglichen Übung. Sicher kam ihm das auch jetzt in seinem Job zugute.

Humboldt schreckte auf. Der Kaffee war mittlerweile nur noch lauwarm. Er sah auf die Uhr. Nur noch fünf Minuten, dann begann die allmorgendliche Besprechung. Er nahm seine Notizen vom Vorabend und blätterte sie beim Hinausgehen noch einmal kurz durch.

Im Konferenzraum herrschte schon rege Unterhaltung. Lara König hatte einige Ausgaben des »Elbflorenz« vergangener Jahre dabei und blätterte wild darin herum. Erwartungsgemäß ging es um Berichte über Maria de Souza.

»... oder hier«, las Lara laut vor, »neuer Job oder neuer Mann? Das Partygirl Maria aus Dresden ... bla, bla, bla ... bleibt die Frage offen, ob sich durch den Kuss mit dem stadtbekannten Fotografen eine neue Liebe anbahnt oder er nur den Vertrag zur nächsten Fotosession besiegeln soll.« Lara König schaute in die Runde und schien erst jetzt zu bemerken, dass ihr Chef den Raum betreten hatte. Schnell klappte sie das Magazin zu und zuckte die Schultern. »Ich dachte, es könnte nicht schaden, mehr über Maria und ihren Lebenswandel zu wissen.«

Humboldt setzte sich und nickte ihr zu. »Stimmt schon. Wir müssen nur aufpassen, dass wir unsere Informationen nicht nur aus solchen Blättchen beziehen.« Er machte eine wegwerfende Geste.

Stein räusperte sich. »Also die Vermisstenmeldungen musste

ich dann ja nicht mehr durchgehen, als feststand, wer unsere Tote ist. Was ich aber weiß, ist, dass sie in Dresden niemand als vermisst gemeldet hat. Und das kommt mir bei ihrem vollen Terminkalender wirklich sehr merkwürdig vor. Es muss doch in den Kreisen, in denen sie verkehrt hat, aufgefallen sein, dass sie sich verändert hat oder vielleicht sogar, dass sie schon lange nicht mehr aufgetaucht ist.«

Humboldt wusste, dass Stein auf das äußere Erscheinungsbild der Toten anspielte. Sicher hätte auch irgendetwas in der Presse gestanden, wenn sich Maria de Souza einer Hungerkur unterzogen hätte. »Lara, hat die Presse denn in den letzten Wochen ein Wort darüber verloren, dass Maria sich verändert hat?«, hakte Humboldt nach.

»Also, ich muss erst mal dazusagen, dass ich *keine* Leserin dieser Zeitschrift hier bin.« Lara König schnippte mit dem Finger gegen die Ausgaben des »Elbflorenz«.

Marc Vierhaus, der bisher erstaunlich ruhig geblieben war, schaute grinsend in ihre Richtung. »Das hat natürlich niemand auch nur annähernd vermutet. Wobei ich mich doch gefragt habe, woher du plötzlich die ganzen Zeitschriften hast. Beim Friseur nachgefragt?«

»Und wenn es so wäre?«, schnappte Lara König zurück.

»Schon gut, schon gut! Also, Lara, zurück zu meiner Frage. Konnten Sie diese Exemplare schon durchgehen, und haben Sie irgendetwas Auffälliges gefunden?« Humboldt strafte Marc Vierhaus mit einem Blick.

Lara König schüttelte den Kopf. »Ich habe bisher nichts gefunden, aber ich habe auch nur oberflächlich drübergeschaut. So wie ich das überblicke, stand gar nichts mehr über Maria drin. Aber ich kann natürlich noch einmal im Detail durch die einzelnen Exemplare schauen.«

Marc Vierhaus verzog spöttisch das Gesicht.

Stein meldete sich noch einmal zu Wort. »Es sieht also so aus, als ob die Szene, die Presse und wer weiß noch welche Leute Bescheid gewusst haben, wo Maria sich aufhält.« Er nippte kurz an seinem Kaffee. »Komisch ist nur, dass wir sie in Dresden am

Elbufer gefunden haben. Sollte sie sich auf irgendeine Weise offiziell verabschiedet haben, hätte ich angenommen, dass sie auf eine längere Reise geht oder vielleicht im Ausland arbeitet. Aber anscheinend ist sie in Dresden geblieben. Das passt doch nicht zusammen.«

Humboldt fand es immer wieder herzerfrischend, mit Stein zusammenzuarbeiten. Seine logischen Schlussfolgerungen hatten schon so manchen Fall vorangebracht. Er stimmte Stein nickend zu. »Vielleicht war sie aber auch bei ihren Eltern auf Mallorca und erst seit Kurzem zurück in Dresden.«

»Woher wissen Sie, dass ihre Eltern auf Malle leben?«, klinkte sich Marc Vierhaus ein.

»Ich habe gestern Abend ein wenig recherchiert«, log Humboldt. »Die Familie de Souza besaß vor ein paar Jahren ein Autohaus in der Großenhainer Straße. Das haben sie verkauft und auf Mallorca ein neues Leben begonnen.«

Marc Vierhaus pfiff anerkennend durch die Zähne. »Und jetzt genießen sie ein Leben ohne Stress und nervende Kunden und lassen sich den ganzen Tag die Sonne auf den Bauch scheinen. Beneidenswert!« Er verschränkte die Arme hinter dem Kopf und lehnte sich verträumt zurück.

»Nicht ganz«, riss ihn Humboldt aus seinen Träumereien. »Jetzt verkaufen sie in ähnlicher Preisklasse, nur dass ihre Kunden damit um die Welt segeln oder im Hafen protzen können. Sie besitzen einige Yachten, die sie wahlweise verkaufen oder vermieten.«

»Auch nicht schlecht, was?« Marc Vierhaus war immer noch begeistert. Er schien zu überlegen, ob er Chancen hatte, sich auf Mallorca zur Ruhe zu setzen.

»Kannst du vergessen!« Lara König brachte ihn mit einem spöttischen Lächeln wieder auf den Boden der Tatsachen. »Mit dem Gehalt eines Polizeimeisters wirst du wohl ewig in Dresden hängen bleiben.«

»Demnächst Polizeihauptmeister!« Damit spielte er den Ball wieder zurück.

»Das wird langsam anstrengend mit euch.« Stein schaute genervt in die Runde. »Wir haben hier gerade andere Sorgen. Also, hat denn schon mal jemand die Eltern informiert?« Er schaute zu Humboldt.

Die Tür ging auf, und die Büroassistentin Lilly Fischer brachte den Kaffeenachschub.

»Ah, Lilly, wie aufs Stichwort. Konnten Sie Marias Eltern erreichen?«, wandte sich Humboldt an die zierliche junge Frau.

»Nee, bei den spanischen Kollegen ging bisher niemand ans Telefon, und sonst habe ich nüscht rausbekommen. Aber es ist ja gleich neun. Irgendwann werden die Südländer ja mal erreichbar sein.« Sie schnappte sich die leere Kanne und verließ fluchtartig den Raum.

Humboldt musste unbedingt ein Gespräch unter vier Augen mit ihr führen. Sie war nun schon fast ein Jahr bei ihnen, aber er hatte das Gefühl, dass sie sich nicht wirklich wohlfühlte. Wenn man schon so viel Zeit miteinander verbringen musste, sollte wenigstens gute Stimmung sein. Das war seine Maxime. Keiner wird gemobbt oder ausgeschlossen. Alle ziehen an einem Strang, nur so kann die beste Leistung erbracht werden.

»Kann die sich überhaupt mit den Spaniern verständigen?« Marc Vierhaus schaute abfällig in Richtung Tür.

Humboldt machte sich kurz eine Notiz, dass er Lilly bezüglich Marc Vierhaus ansprechen musste. Vielleicht war er ja der Grund. Er nahm den Faden wieder auf. »Lara, konnten Sie etwas über diesen Wiesinger herausbekommen?«

Lara König nahm ihre Notizen zur Hand und nickte. »Er scheint ein ziemlich geradliniger Gesell zu sein. Stammt aus einer reichen Familie, hat aber seinen eigenen Weg eingeschlagen. Abitur, hat Medizin und Biochemie studiert, danach einige Jobs in verschiedenen Krankenhäusern und Praxen, bis er bei der Schneider Pharma AG anfing. Dort blieb er über zwanzig Jahre und betreute Medikamentenstudien. Vor etwa sechs Jahren hat er sein Sportinstitut eröffnet. Dort führt er unter anderem auch ambulante Operationen durch. Allerdings sehr selten. Er hat sich darauf spezialisiert, Sportler auf Extremevents vorzubereiten und medizinisch zu begleiten. Also Ultramarathonis oder Triathleten,

Skilangläufer oder Langstreckenschwimmer. Das scheint gut zu laufen, wie wir ja selbst festgestellt haben.« Lara blickte auf. »*That's it.*«

»Hm, ich finde erst mal keine Verbindung zu unserem Fall. Maria war weder besonders sportlich noch hatte sie, meines Wissens, eine OP. Also außer ihrer Brustvergrößerung. Aber die wird ja wohl nicht Dr. Wiesinger durchgeführt haben.« Humboldt blätterte nachdenklich in den Unterlagen der ersten Zusammenfassung der Rechtsmedizin. »Lara, könnten Sie bitte mal überprüfen, wie viele Schönheitskliniken es in Dresden gibt? Oder wo man sonst hier in der Gegend solche Operationen über sich ergehen lassen kann. Vielleicht haben wir Glück, und sie ist deswegen nicht woanders hingefahren. Oder wir erfahren später mehr von ihren Eltern.«

»Falls die was davon gewusst haben«, sagte Stein.

Lilly steckte den Kopf zur Tür herein. »Ich habe die Kollegen jetzt erreicht. Sie wollen zusehen, dass die de Souzas mit dem nächsten Flieger nach Dresden kommen. Sie geben uns noch Bescheid, wann das sein wird, es müsste sie nur jemand abholen.«

»Du!« Marc Vierhaus schaute Lilly herausfordernd an.

»Mm, nee, das geht nicht, mein Auto ist in der Werkstatt.«

»Welches Auto denn?«

Lilly lief rot an und schaute hilfesuchend zu Humboldt.

»Marc, Sie fahren die de Souzas abholen. Lilly wird Ihnen die Ankunftszeit mitteilen. Und Lilly«, Humboldt drehte sich mit seinem Stuhl zur Tür und sah sie freundlich an, »bitte kommen Sie doch nachher mal in mein Büro.«

Sie nickte und schloss eilig die Tür.

»Was hat eigentlich die Kriminaltechnik gestern noch rausgefunden? Ich habe den Bericht bisher nicht zu Gesicht bekommen.« Humboldt lenkte die Aufmerksamkeit seiner Kollegen wieder auf die Mordsache.

Stein wedelte mit einem Papier. »Sorry, das habe ich erst kurz vor unserer Sitzung erhalten und nur überflogen. Es gibt nichts Auffälliges. Aber wenn man Richter glaubt, müssten da Spuren sein. Irgendein Hinweis darauf, dass Maria am Flussufer abgelegt oder weiter oben ins Wasser gelassen wurde. Aber da war absolut nichts. Seit dem letzten Regen ist vom Fundort bis weit elbaufwärts kein Fuß mehr ans Ufer gesetzt worden. Deshalb bin ich gedanklich weitergegangen.« Umständlich schob er seinen Stuhl zurück. Kurz schien er zu überlegen, stand dann aber ohne seine Krücken zu Hilfe zu nehmen auf. Er humpelte zu dem großen Stadtplan von Dresden, der fast eine ganze Wand des Besprechungsraumes einnahm.

»Hier! Es gibt doch diese Insel in der Elbe.« Er trat ganz nah an die Karte heran. »Pillnitzer Elbinsel. Sagt euch das was? Was, wenn die Täter Maria dort abgelegt oder ins Wasser geworfen haben, damit sie mittig im Fluss untergeht und eben nicht so schnell irgendwo wieder auftaucht.«

»Das ist dann ja mal gründlich in die Hose gegangen.« Marc Vierhaus schaute skeptisch. »Ist das nicht ein bisschen an den Haaren herbeigezogen?«

»Aber es würde erklären, warum wir keinerlei Spuren gefunden haben.« Stein schaute in Humboldts Richtung und schlurfte wieder auf seinen Platz. Seine Krücken nahm er nur, wenn er lange Strecken laufen musste. Hier im Kommissariat versuchte er es immer ohne.

Humboldt zog die Luft nachdenklich ein. »Das ist kein schlechter Gedanke, Frank.« Jetzt nickte er energischer. »Ja, wir sollten der Sache nachgehen. Frank, schick doch bitte den Erkennungsdienst noch einmal raus. Allerdings brauchen wir auch zwei, drei Leute, die sich sofort in Marias Wohnung begeben. Die wurde gestern vorsorglich erst mal nur versiegelt. Ich fahre auch gleich hin und mache mir ein Bild.« Humboldt angelte sich den Bericht der Spurensicherung vom Vortag und packte seine Notizen zusammen. »Lara, Sie haben vorerst zu tun mit den Schönheitskliniken. Frank, du kümmerst dich um die KTU, und Marc, Sie machen sich später auf den Weg, um Marias Eltern abzuholen. Bis dahin recherchieren Sie bitte noch mal im Umfeld von Maria. Freunde, Schulkolleginnen, Kneipenkumpel, alles, was sie sonst noch so getrieben hat. Laras Zeitschriften werden Ihnen dabei sicher auch weiterhelfen.« Humboldt konnte sich ein heimliches Grinsen nicht verkneifen, als er Marc Vierhaus' entsetztes Gesicht sah.

»Ich soll mir diese Schmierblätter anschauen? Das ist nicht Ihr Ernst, oder?«

»So tauchen Sie ganz tief in Marias Geschichte ab und werden quasi zu unserem Experten ihrer Vergangenheit. Alleinstellungsmerkmal!« Damit nahm Humboldt seine Unterlagen und verließ den Raum.

Endlich legte sich ein Gefühl von Ruhe über seine aufgeschreckte Psyche. Die Panikattacken, die ihn letzte Nacht befallen hatten, waren verschwunden. Der Aktenvernichter stand, immer noch warm, wieder an seinem gewohnten Platz, die Ordner waren zum größten Teil leer. Aussortiert, systematisiert und neu gegliedert. Die Unterlagen, die jetzt noch übrig geblieben waren, waren sein Heiligtum. Sein ganzes berufliches Leben hing von der Anerkennung oder Ablehnung der Inhalte dieser Ordner ab. Wenn das alles schieflief, wäre sein Lebenswerk hinfällig, zunichtegemacht, sein Leben nicht mehr lebenswert.

Er trank den letzten Schluck Rotwein aus seinem Glas, lehnte sich zurück und schloss die Augen. Was hatte er dafür alles aufgegeben. Sein Privatleben gab es nicht mehr. Sämtliche Hobbys hatte er vernachlässigt, die Freunde nicht mehr angerufen, seine Familie sowieso nicht. Das kulturelle Leben blieb ihm seit Jahren verschlossen. Nur dieses Gebäude war für ihn wichtig. Und die Ergebnisse. Genau! Er straffte den Rücken, streckte seine müden Glieder und sprang schwungvoll aus dem Sofa. Jetzt nur nicht sentimental werden. So kurz vor dem Ziel. Auch wenn nicht alles glattgelaufen war bisher, das Ende war in Sicht. Nein, nicht das Ende! Der Anfang! Das wirkliche Leben würde doch erst beginnen.

Er trat an den Tresor und schaute noch einmal durch die verbliebenen Unterlagen. Ein Kribbeln durchzog seinen Körper. Er atmete schwer. Seine Augen glühten vor Erregung. »Gordo-Red!«, flüsterte er leise. »Herausgegeben von …« Weiter kam er nicht, so sehr nahm ihm der Gedanke die Luft. Bald, dachte er. Schon sehr bald. Damit schloss er die schwere Tür des riesigen Tresors. Er nahm zwei große Mülltüten, die randvoll mit Schredderpapier waren, trat an den Aufzug und drückte auf den Knopf ins Untergeschoss. Nichts deutete mehr auf seine Krise der letzten Stunden hin. Er hatte wieder alles im Griff.

Freitag, 4. Oktober, mittags

Genervt schaute Humboldt zum Eingang des Hauses, in dem Marias Wohnung lag. Schwungvoll knallte er die Tür seines Kombis zu und ging um den gelben Fiat, neben dem er geparkt hatte, herum. Dieses Auto kannte er zur Genüge. Wie schaffte es diese Frau immer wieder, ihn mit Kleinigkeiten derart zu provozieren? Im Moment damit, dass sie lächelnd auf dem Treppenabsatz saß und ihm freundlich zuwinkte. Es wurmte ihn auch, dass sie vor ihm da war. Sie konnte ohnehin nichts ausrichten, ehe er nicht sein Okay gegeben hatte. Solange die Kriminaltechnik ans Werk ging, konnte selbst er sich nur bedingt in der Wohnung umschauen.

»Hallo, Herr Hauptkommissar, hatten Sie eine angenehme Nacht?« Christin erhob sich und kam lächelnd auf ihn zu.

»Hm«, brummte Humboldt, ohne stehen zu bleiben.

»Und? Noch was Brauchbares im Kühlschrank gefunden?« Christin zog strahlend die Augenbrauen in die Höhe und sah ihn fragend an, während er wortlos an ihr vorbeilief.

Humboldt hatte keine Lust, mit ihr über seine Nächte und den Füllstand seines Kühlschranks zu sprechen. Er nickte ihr kurz zu und betrat das helle Treppenhaus.

Maria hatte im Dachgeschoss der Gründerzeitvilla gewohnt. Hier in Striesen ließ es sich bestimmt sehr gut wohnen. Die meisten der klassischen Villen waren saniert. Die riesigen alten Bäume, die die Straßen säumten, und die großen Gärten der prachtvollen Stadtvillen kündeten von einer anderen Zeit. Bei einem Spaziergang würde sich Humboldt jetzt davontragen lassen. Er würde sich die elegant gekleideten Damen mit ihren Schirmen in den Gartenpavillons, die immer in einer Ecke der wunderschönen Gärten zu finden waren, vorstellen. Von den Pavillons aus hatten sie einen direkten Blick auf die Straße und konnten sich mit den vorbeiflanierenden Menschen unterhalten. Er würde die Geräusche hören, die die Pferdekutschen und deren Kutscher machten. Er würde der stilvollen Unterhaltung der Herren mit Manieren lauschen. Ja, er liebte sein Dresden und die Gedanken an die gute alte Zeit …

Stattdessen stieg Humboldt langsam das breite Treppenhaus empor und versuchte sich schon hier vorzustellen, wie Maria gelebt hatte. Allerdings wurde er in seinen Gedanken unterbrochen, weil Christin ihm folgte. Sie berichtete, dass sie schon mit einer Nachbarin gesprochen hatte.

Abrupt blieb Humboldt stehen. »Wie kommen Sie dazu, sich in meine Arbeit einzumischen?«

»Ach, Herr Humboldt, Sie wissen genau, wie das ist. Ich bin Journalistin. Wenn sich die Möglichkeit bietet, muss ich sie ergreifen. Und da die ältere Dame sowieso die ganze Zeit heimlich hinter ihrer Gardine zugeschaut hatte, dachte ich, es kann nicht schaden, sie zu befragen. Vielleicht steht sie ja öfter dort und beobachtet die Leute auf dem Parkplatz?«

Humboldt seufzte resigniert. »Und? Hat sie?«

»Hat sie was?«

»Hat sie öfter dahintergestanden und kann uns jetzt irgendwie weiterhelfen?«

»Ja, hat sie!« Christin eilte an Humboldt vorbei, weiter treppauf.

»Frau Weißenburg, bitte! Müssen wir jetzt wieder mit diesen Kinderspielchen anfangen?« Humboldt stapfte hinterher. »Können Sie mir nicht einfach sagen, was Ihnen die Dame erzählt hat?«

Lächelnd blieb Christin vor Marias Wohnungstür stehen. »Natürlich kann ich das. Aber ich denke, Sie sollten sich selbst mit ihr unterhalten. Frau Reschke hat da eine interessante Beobachtung gemacht.«

Humboldt seufzte erneut. Irgendetwas musste sich an ihrem Verhältnis ändern. Er ahnte, sie würde seine Ermittlungen bereichern können. Aber sie war Journalistin. Sie durfte ihm einfach nicht in die Arbeit pfuschen. Aber wer wusste schon, ob ihr nicht Details auffielen, die zur Klärung des Falls beitragen konnten?

»Welche Tür?«, fragte er resigniert.

»Erdgeschoss, rechts.«

Humboldt stand gedankenversunken in Marias Wohnzimmer. Frau Reschke hatte tatsächlich eine interessante Information für ihn. Zweimal hatte sie einen weißen Audi TT vor dem Haus stehen sehen. Sie wusste auch, dass es immer dasselbe Auto war, weil es auf ihrem Parkplatz gestanden hatte. Natürlich hatte sie in ihrem Alter kein Auto mehr, aber einen Parkplatz, der zur Wohnung gehörte, der für ihren Sohn reserviert war, wenn er sie besuchte. An das Kennzeichen konnte sie sich leider nicht erinnern. Aber wenigstens daran, dass es mit DD anfing. Stein war bereits im Bilde und filterte alle TT-Fahrer mit Dresdner Kennzeichen heraus.

Eine vermummte Gestalt kam auf Humboldt zu. Der Mitarbeiter des Erkennungsdienstes nahm seinen Mundschutz ab und zog umständlich an seiner Haube. Verschwitzt ließ er Humboldt wissen, dass sie nichts Besonderes gefunden hätten. Eine ganz normale Singlewohnung eben. Auffällig war nur, dass die Wohnung anscheinend schon seit ein paar Wochen nicht mehr betreten worden war. Auf den Dingen des täglichen Bedarfs hatte sich schon eine leichte Staubschicht gebildet. Der Kühlschrank war bis auf einen Tetrapak Orangensaft leer, und auch die Zahnbürste fehlte.

Die Leute der Kriminaltechnik zogen ab, und Humboldt sah sich nachdenklich in Marias Flur um. Er drehte sich um und öffnete erneut die Wohnungstür. »Dann kommen Sie schon rein«, folgte Humboldt seinem spontanen Impuls.

Überrascht betrat Christin, die im Treppenhaus gewartet hatte, die Wohnung. »Danke«, sagte sie und zog die Einmalhandschuhe an, die er ihr entgegenhielt.

»Keine Fotos!«, ermahnte er sie, bevor sie sich die einzelnen Zimmer vornahmen. »Und bitte denken Sie daran, Sie sollen keine Skandale für Ihren Arbeitgeber aufdecken, sondern lediglich schauen, ob es hier irgendetwas gibt, was nicht zu Maria gepasst hätte und uns in unserem Fall weiterbringt.«

Humboldt schaute über die Elbwiesen auf die drei Schlösschen am anderen Elbhang. Er hatte am Käthe-Kollwitz-Ufer halten müssen, um seine Gedanken zu sortieren. Was ihm Christin da gerade angedeutet hatte, konnte er kaum glauben. Klar war seine Schwester schon seit einigen Monaten verschwunden. Aber sie war volljährig, und wenn sie gern im Ausland arbeiten wollte, dann sollte sie das tun. Allerdings wäre er nie daraufgekommen, dass es sich um solch eine Arbeit handeln würde. Und erst recht nicht, dass sie nicht freiwillig dort war. Sein Magen krampfte sich bei dem Gedanken zusammen. Was haben sie ihr bloß angetan? Wozu wurde sie gezwungen? Am liebsten wäre Humboldt sofort dorthingefahren und hätte sie befreit. Aber er wusste nicht, wo dieses *dorthin* war. Christin hatte ihn ganz nebenbei nach seiner Schwester gefragt. Ob sie das Haar immer noch pechschwarz gefärbt und streichholzkurz trug. Ob sie das Muttermal am Oberarm geerbt hatte. Zur nächsten Frage kam sie nicht mehr, da Humboldt sie an beiden Armen festhielt und sie eindringlich fragte, was das Ganze sollte und ob sie wüsste, wo Monique sei. Christin wand sich aus seiner Umklammerung und versuchte, ihn zu beruhigen. Aber Humboldt wollte sich nicht beruhigen. Er wollte Fakten, alles wissen, was sie über seine Schwester in Erfahrung gebracht hatte. Mehr konnte sie ihm aber nicht sagen. Nur, dass sie gemeinsam mit einem Kollegen an dieser Sache dran war. Der Kollege hatte sich als freier Mitarbeiter dort eingeschleust. Das Gelände dieser Firma lag gleich hinter der Grenze in Tschechien. Er hatte von einigen deutschen Frauen berichtet, die mit falschen Versprechungen dorthingelockt wurden. Es konnte sich nur noch um zwei, drei Tage handeln, dann kämen die Mädchen frei. Dafür würde sie sorgen. Erst dann hätten sie auch die Möglichkeit, den großen Boss dieser Firma zu belangen. Christin bat Humboldt um vierundzwanzig Stunden.

Humboldt war stinksauer. Er blaffte Christin an, ob sie denn wenigstens groß rauskommen würde mit dieser Story. Und dass sie ja dann diese Mordsache nicht mehr brauchte für ihre Karriere. Damit warf er sie aus Marias Wohnung, jedoch nicht ohne die Drohung loszuwerden, dass er sich selbst auf die Suche machen würde, wenn er in vierundzwanzig Stunden nichts von ihr hören sollte.

Humboldt knallte mit der Faust auf das Lenkrad. Hätte er Monique doch damals angesprochen, als er sie beschattet hatte. Auch auf die Gefahr hin, dass sie stinksauer geworden wäre. Aber vielleicht wäre sie dann diesen Etablissements ferngeblieben. Das Rotlichtviertel in der Reisewitzer Straße schien ihre zweite Heimat geworden zu sein. Obwohl sie nie mit Freiern mitgegangen war, soweit er das beurteilen konnte. Sie wirkte eher wie eine nette Gesellschaft bei einem Drink an der Bar. Sie hörte ihren Gesprächspartnern zu und bekam dafür ihren Lohn, dachte er zumindest. Drinks, Anerkennung, vielleicht auch Geld? Humboldt wusste es nicht. Aber von irgendetwas musste sie ja leben. Und jetzt diese Filmsache. Vielleicht wäre es gut, wenn er heute Abend mal wieder bei Walli vorbeischauen würde? Eventuell hatte sie etwas von Monique gehört. Und wenn nicht, konnte er sich wenigstens mal wieder alles von der Seele reden.

Mit diesem Vorsatz startete er den Motor seines Kombis und machte sich auf in die Schießgasse 7, in der die Polizeidirektion Dresden lag.

Freitag, 4. Oktober, zur selben Zeit

Amelie saß an einem kleinen Tisch vor dem »Pulverturm«, ihrem Lieblingsrestaurant, und blinzelte in die Sonne. Sie hatte sich extra so gesetzt, dass sie freien Blick auf die Frauenkirche und den gesamten Neumarkt hatte. Heute war es schon richtig herbstkühl, und so war sie froh, dass sie der Schatten des weißen Sonnenschirms nicht erreichte. Amelie liebte diesen Platz. Ihr Großvater hatte oft von der Dresdner Altstadt geschwärmt. Da stand die Frauenkirche noch in ihrer ursprünglichen Form. Selbst später, als mahnende Ruine, blieb sie für ihn eines der schönsten Wahrzeichen Dresdens. Die Fertigstellung des Wiederaufbaus konnte er leider nur noch im Fernsehen mitverfolgen, mehr ließ seine Krankheit nicht zu. Auch Amelie hatte sich bei ihrem ersten Besuch in der Landeshauptstadt in diese Aussicht verliebt. Jetzt wartete sie verträumt auf Babette, um ihr von dem seltsamen Besuch auf dem Polizeirevier zu berichten.

Amelies Gedanken schweiften immer wieder zu Asha. Wo war sie nur? Ashas Onkel hatte heute Morgen bei Amelie angerufen und ihr mitgeteilt, dass sie bei keinem Verwandten in Indien aufgetaucht sei. Das sei sehr untypisch für Asha, die sonst immer so familienbewusst war. Als Amelie ihm sagte, dass sie jetzt zur Polizei gehen würde, musste der Onkel erst eine Weile überlegen. Er wollte keinen Ärger mit den deutschen Behörden. Was, wenn Asha doch nur mit einem Freund mitgegangen war? Alt genug wäre sie ja. Aber Amelie konnte ihn davon überzeugen, dass irgendetwas nicht stimmen konnte.

Amelie seufzte. Sie hätte heute Nachmittag eigentlich bei Wiesinger im Sportinstitut arbeiten müssen, hatte sich aber krankgemeldet. Den Job hatte sie gesucht und gefunden, nachdem sie den Studiengang Gesundheitswissenschaft eingeschlagen hatte. Damals glaubte sie noch, dass sie im Institut sicher einiges lernen und auch ihre Masterarbeit zum Thema Prävention und Gesundheitsförderung vorantreiben könnte. Dieser Illusion wurde sie schnell beraubt, als sie nach ein paar Wochen einen Schreibtisch in der Verwaltung direkt hinter der Rezeption bekam. Seitdem hatte sie kaum noch Kontakt zu Patienten, geschweige denn, dass sie irgendwelche Studien oder Umfragen hätte machen können. Amelie hatte sich damit abgefunden. Letztendlich finanzierte sie sich mit diesem Job und der Arbeit beim Modemagazin ihr Studium und musste somit ihrer Familie nicht auf der Tasche liegen. Beim Gedanken an den Fotojob sah sie wieder Asha vor sich. In verschiedenen Outfits, beim fröhlichen Abendessen in ihrer gemeinsamen Wohnung, während einer Radtour, bei der sie Asha das Institut gezeigt hatte. Plötzlich blitzte Amelie ein anderer Gedanke durch den Kopf. Wie elektrisiert saß sie kerzengerade auf ihrem Stuhl. Sie hatte Angst, den Einfall zu verlieren. Was war es noch, was so jäh durch ihren Kopf geschossen war? Asha, Radtour, Klinik … Da! Jetzt erinnerte sie sich wieder. Eine Patientenakte auf dem Tresen der Rezeption. Sie hatte sich gewundert, warum diese Akte dort gelegen hatte. Beim Durchblättern fiel ihr auf, dass sie nur lückenhaft ausgefüllt war. Es gab keine Krankheitsabfolge oder Trainingsplanung, keine persönlichen Daten, bis auf der letzten Seite der Name Asha auftauchte. Amelie war damals völlig irritiert. Aber noch ehe sie sich hätte weitere Gedanken darüber machen können, eilte Dr. Wiesinger mit großen Schritten herbei, murmelte etwas von alte Akten ausmisten und verschwand in seinen Privaträumen. Die Situation war so absurd, und Amelie war es zu unangenehm, nachzufragen. Allerdings hatte sie Asha damals eine E-Mail geschrieben und ihr von dem Vorfall erzählt. Erst jetzt begriff Amelie, dass Asha auf die augenzwinkernde Frage, ob sie Patientin in Wiesingers Klinik sei, nie geantwortet hatte. Auch Amelie hatte das Ganze längst verdrängt, zumal sie ja meinte, dass die Patientin nicht *ihre* Asha war. Aber warum fiel ihr das alles dann jetzt wieder ein? Kurz nach dieser Begebenheit brach Asha zu ihrem angeblichen Heimaturlaub auf. Das musste also vor etwa zwölf Wochen gewesen sein. Mit einem Mal schrillten bei Amelie alle Alarmglocken. Sie konnte sich keinen Reim darauf machen, aber sie wusste, dass sie später doch noch zur Arbeit fahren musste. Sie würde noch einmal alle alten Akten durchgehen. Vielleicht fand sie dort einen Anhaltspunkt. Wie Asha mit dem Institut zusammenhängen konnte, dafür hatte sie keine Erklärung. Asha war weder sportlich noch hatte sie sich in den letzten Wochen vor ihrer Abreise verletzt. Was sollte sie also da? Amelie versuchte, sich wieder zu beruhigen.

In der Ferne sah sie Babette genüsslich ein Eis leckend über den Neumarkt schlendern. Was würde Amelie darum geben, jetzt auch so abschalten zu können. Aber die Angst um Asha schlug ihr auf den Magen. Babette küsste Amelie dreimal auf die Wangen, weil das Franzosen eben so machen. Amelie nahm es kaum wahr. Sie brannte darauf, Babette alles zu erzählen.

Freitag, 4. Oktober, nachmittags

Als Humboldt den Besprechungsraum betrat, sah er Stein und Lara König an der Pinnwand stehen. Sie winkten ihn zu sich und zeigten auf das Ergebnis ihrer Recherchen. Die Worte »Gerichtsmedizin« und »Sportinstitut Dr. Wiesinger« waren verschwunden. Stattdessen standen rechts vom Bild der Toten drei Namen von Schönheitskliniken. Ein Pfeil zeigte von oben auf das Bild. Darüber las Humboldt »Pillnitzer Elbinsel« und sah ein Foto von ebendieser. Außerdem gab es weitere Begriffe, die mit Fragezeichen versehen waren: Eltern, Freunde, Feinde.

Humboldt nickte zufrieden. »Wo ist Vierhaus?«

»Der unterhält sich mit Marias Eltern. Vielleicht wäre es ganz gut, wenn du mal vorbeischauen würdest«, erwiderte Stein.

»Ach, das lassen wir ihn jetzt mal machen«, antwortete Humboldt.

Sie setzten sich an den Besprechungstisch, und Stein begann mit seinem Bericht. »Wie ich richtig vermutet hatte; die Pillnitzer Elbinsel. Es ist noch nicht ganz geklärt, wie der oder die Täter die Tote dorthingebracht haben, aber die Spurenlage ist eindeutig. Am flussabwärts gerichteten Ende der Insel gibt es einen kleinen Sandstrand, und dort fand die Kriminaltechnik Schleifspuren. Wir denken, dass die Füße der Toten sie hinterlassen haben müssen. Fußabdrücke wurden natürlich auch gesichert. Es scheint, als ob es zwei Täter waren. Es gibt einen großen Fußabdruck, vielleicht waren das Stiefel, jedenfalls Schuhe mit einer sehr steifen Sohle. Die anderen Abdrücke sind wesentlich kleiner und deutlicher, also eventuell Frauenfüße auf dicken Socken oder Schuhe mit sehr dünnen Sohlen. Leider haben wir bis auf diesen einen Fussel nichts Verwertbares gefunden.« Damit legte Stein einen Plastikbeutel mit einer grünen Faser auf den Tisch. »Könnte von einem Wollpullover sein. Wobei es im Moment ja selbst nachts noch nicht so kalt ist, dass man schon die Winterklamotten aus dem Schrank holen müsste. Könnte also auch sein, dass der Fussel nicht von unseren Tätern stammt.«

»Und am Elbufer? Gab's da nichts Auffälliges?«, hakte Humboldt nach.

Stein schüttelte den Kopf. »Die gleichen Fußspuren und einen kleinen Abdruck eines Reifens. Vielleicht ist das Auto der Täter oder eben irgendein anderes Auto vom Asphalt abgerutscht. Ansonsten …« Stein zuckte die Schultern.

»Von der Elbinsel also …« Humboldt schaute nachdenklich auf das Foto an der Pinnwand. »Ist schon eigenartig, dass die Täter sich so eine Mühe machen, oder? War das geplant, oder war das eine Kurzschlussreaktion?«, fragte er ins Blaue.

»Tja, und wie sind sie rübergekommen? Einfach gelaufen? Oder geschwommen? Die Insel ist zwar nicht weit vom Ufer entfernt, aber die Strömung ist trotzdem noch stark. Und dann musste ja die Leiche noch transportiert werden …« Auch Stein schaute grübelnd zur Pinnwand.

»Kann nicht einer der Taucher mal versuchen, rüberzuschwimmen? Die trainieren doch jeden Tag«, klinkte sich Lara König in das Gespräch ein.

»Hm, gute Idee! Dann wissen wir wenigstens, ob es möglich wäre, die Insel schwimmend zu erreichen«, lobte Humboldt.

Stein machte sich Notizen und schaute zu Lara König. »Und bei dir?«

Lara König zeigte auf die drei Namen, die sie an die Pinnwand geschrieben hatte. »Diese drei Schönheitskliniken befinden sich im Umkreis von hundertzwanzig Kilometern rund um Dresden. Alle werben mit den gleichen Themen: plastische Chirurgie und ästhetische Medizin. Was nichts weiter heißt als Brustvergrößerung, Fettabsaugung oder Faltenbehandlung. Weiter habe ich die Suche bisher noch nicht ausgeweitet.« Sie schaute Humboldt an. »Aber … Auskünfte gibt es natürlich keine. Ich habe es bei allen drei Kliniken probiert. Nur mit richterlichem Beschluss können sie Namen von Patienten rausgeben. Ansonsten unterliegen sie der ärztlichen Schweigepflicht. Sprechen Sie mit der Staatsanwältin?«

Darauf hatte Humboldt zum jetzigen Zeitpunkt allerdings

gar keine Lust. Sie hatten bisher kaum Erkenntnisse. Und eine Eigenheit von Staatsanwälten war es nun mal, dass sie eine eindeutige Faktenlage brauchten, bevor sie etwas rausrückten.

»Vielleicht kann das unser Chef erledigen«, kam Stein zu Hilfe, der Humboldts Gedanken zu lesen schien.

Humboldt nickte. Doch dann fiel ihm noch etwas anderes ein. »Ich war heute Morgen in Marias Wohnung. Auch dort hat die KTU nichts Besonderes ergeben. Allerdings sind mir sehr viele Prospekte von Wellnesshotels, Wohlfühloasen und Beautyfarmen aufgefallen. Jetzt, wo ich weiß, wonach ich suchen muss … Vielleicht findet sich ein Hinweis auf eine der Kliniken, und dann kämen wir auch einfacher an unser Papier.«

Erleichtert goss sich Humboldt Kaffee in seine Tasse. Dabei dachte er an das kürzlich mit Lilly geführte Gespräch. Es war tatsächlich so, dass sie sich im Kommissariat nicht besonders wohlfühlte. Unter anderem auch wegen Marc Vierhaus. Es brauchte eine Weile, bis Lilly mit der Sprache rausrückte. Bei einem früheren Einsatz hatte es keinen Wagen mehr im Fuhrpark gegeben, und Marc Vierhaus war an diesem Morgen mit dem Fahrrad gekommen. Also bat er Lilly, ob sie ihn nur dieses eine Mal zu einem Tatort fahren könne. Mit ihrem Auto. Lilly weigerte sich, und Marc Vierhaus wurde immer ungehaltener. Sie hatte ihm doch von ihrem tollen Flitzer in den höchsten Tönen berichtet. Er wollte ja gar nicht selbst fahren. Sie sollte doch das Auto lenken. Irgendwann gestand Lilly unter Tränen, dass sie gar nicht Auto fahren könne. Sie hätte panische Angst davor. Und von dem nicht vorhandenen Wagen hatte sie nur erzählt, damit ihr niemand auf die Schliche kam. Schließlich war der Führerschein damals eine Einstellungsbedingung. Seitdem hatte Marc Vierhaus sie auf dem Kieker. Zwar hatte er sein Wissen darüber bisher für sich behalten, aber er provozierte sie bei jeder passenden Gelegenheit. Lilly brachte Humboldt gegenüber schluchzend hervor, dass sie natürlich einsehen würde, dass er sie jetzt entlassen müsste. Natürlich wäre es besser gewesen, wenn Lilly damals gleich nach dem Vorfall zu ihm gekommen wäre. Es wäre ihr einiges erspart geblieben. Vor allem ihr schlechtes

Gewissen, weil sie in der Sache gelogen hatte. Über mögliche Konsequenzen würde er sich erst noch Gedanken machen müssen. Damit hatte er Lilly für heute nach Hause geschickt. Er hatte nicht vor, sie zu entlassen. Sobald es ging, würde er mit Marc Vierhaus darüber sprechen. Er seufzte. Das fehlte ihm jetzt gerade noch.

Humboldt räusperte sich. »Übrigens scheint Maria in den letzten Wochen nicht in ihrer Wohnung gewesen zu sein. Laut Spurensicherung gibt es keine Gebrauchsspuren, nur Staub. Und es fehlen Dinge des täglichen Bedarfs wie Zahnbürste und Essen. Die schmutzige Wäsche stapelt sich im Wäschekorb und an anderen Stellen in der Wohnung, das Bett scheint auch seit Wochen unbenutzt. Das heißt, Frank, deine Vermutung war richtig, sie war nicht in Dresden.«

Marc Vierhaus riss die Tür auf. Verschwitzt sah er von einem zum anderen. »Und, geht's euch gut hier? Herr Kommissar, ich dachte, Sie kämen vielleicht zur Befragung dazu?«

Humboldt schaute erstaunt auf. »Was ist los? So eine Befragung gehört aber zu den Aufgaben eines zukünftigen Polizeihauptmeisters.«

Lara König grinste Marc Vierhaus ungeniert an, enthielt sich aber einer Äußerung.

»Das mag schon sein. Und normalerweise wäre das auch kein Problem für mich, aber ...« Marc Vierhaus rang nach Worten. »Die Mutter ist so ... verzweifelt und spricht anscheinend nur Spanisch. Ich dachte, die sind aus Deutschland, aus Dresden. Ständig hängt sie an mir und schreit herum, dass sie ihre Tochter sehen möchte. Die Polizeipsychologin habe ich aus ihrem Feierabend wieder zurückbeordert. Immer mit Marias Mutter am Hals. Wo ist eigentlich Lilly? Wenn man sie mal braucht, ist sie nicht da.« Genervt sah Marc Vierhaus in Richtung Vorzimmer.

»Und was ist mit dem Vater? Kann der keine Antworten geben?«, wollte Humboldt wissen.

»Der Vater? Der sagt gar nichts. Er versucht immer wieder, seine Frau zu beruhigen, und bekommt zwischendurch selbst ständig Heulkrämpfe. Und dann dieses Gejammer: meine Tochter, meine Tochter, meine schöne Tochter. Das macht mich total fertig!«

»Hatten Sie ihnen das Bild von ihrer toten Tochter gezeigt?«, wollte Stein wissen.

»Ja, musste ich doch. Wie hätten wir sonst feststellen können, ob es ihre Tochter ist? War«, schnaubte Marc Vierhaus verständnislos.

»Das ist wahr. Okay, ich komme jetzt mit rüber. Allerdings bringen wir die beiden in die Cafeteria. Vielleicht hilft ihnen ein öffentlicher Raum. Wenn die Polizeipsychologin da ist, geben wir sie in ihre Obhut und probieren es morgen noch einmal mit der Befragung. Für heute ist Feierabend. Ich fahre noch mal in Marias Wohnung, in der Hoffnung, einen Anhaltspunkt zu finden. Bis morgen, Kollegen.«

Marc Vierhaus saß in der Straßenbahn auf dem Weg in die Dresdner Neustadt. Er brauchte jetzt unbedingt ein Bier. Oder auch zwei. Glücklicherweise war er ohnehin mit seinen Kumpels verabredet, und so konnte er sich die Strapazen des Tages von der Seele spülen. Was für ein fürchterlicher Tag. Erst musste er diese Zeitschriften durchforsten und dann noch hysterische Weiber beruhigen. Klar konnte er die Frau verstehen, aber so würden sie den Mörder ihrer Tochter nie finden. Anscheinend war Maria in den letzten Wochen auch nicht bei ihren Eltern gewesen. Aber wo hatte sie sich dann aufgehalten, und warum hatte sie keiner vermisst? Plötzlich hielt Marc Vierhaus die Luft an. Die Vermisstenmeldung. Das hatte er ja ganz vergessen. Irgendwann im Laufe des Tages war eine Kollegin bei ihm gewesen und hatte ihm berichtet, dass eine Studentin aus Dresden vermisst wurde. Sie hatte ihm eine Kopie der Akte auf den Tisch gelegt. Und da lag sie noch. Marc Vierhaus wog ab, ob er Humboldt direkt beichten sollte, dass er es vergessen hatte, oder ob das bis morgen warten konnte. Die Straßenbahn hielt gerade am Albertplatz. Marc Vierhaus sprang aus der Bahn und ging die letzten Meter zu Fuß. Er beschloss, dass die Nachricht Zeit hatte. Wenigstens so lange, bis er das erste Bier gezischt hatte.

Freitag, 4. Oktober, gegen Abend

Waltraud Sprenger, genannt Walli, ließ ihren Blick noch einmal durch das spärlich beleuchtete Lokal streifen. Die Mädchen sahen wie immer bezaubernd aus. So liebte sie es! Sie hatten es sich in den gemütlichen Sitzgruppen bequem gemacht, strahlten Zufriedenheit und Neugier zugleich aus. Im ersten Stock gab es vier Schmusezimmer, wie Walli sie nannte. Ihr war es egal, ob die Mädchen mit ihren Verehrern dort oben landeten oder hier unten einen schönen Abend verbrachten. Hier waren alle Damen selbstständig. Sie konnten mit ihrem Geld tun und lassen, was sie wollten. Für Walli war es nur wichtig, dass das Lokal voller Gäste war und dass die Herren teure Getränke bestellten. Natürlich gab es auch Bier, aber sie hatte die Nischen so einrichten lassen, dass die Kunden Lust auf Champagner bekamen. Nichts wirkte hier billig. Vom Teppich bis zur Lampe war alles durchdacht und passte zusammen. Die Bilder an den Wänden hatte Walli von ihren Reisen mitgebracht. Mal mehr, mal weniger deutlich erkannte man auf ihnen die eindeutigen Stellungen von Liebenden. Trotzdem wirkten sie nicht abgedroschen. Jedes hatte eine Lebendigkeit in sich, man spürte förmlich die zwischenmenschlichen Schwingungen zwischen den Figuren.

Walli fuhr, mehr aus Gewohnheit, noch einmal mit dem Finger über den Tresen. Auf ihre Putzkolonne, die jeden Morgen anrückte, konnte sie sich verlassen. Sie hatten einen Schlüssel, und gab es mal etwas außer der Reihe zu reinigen, hinterließ Walli einen Zettel. Wenn sie dann nachmittags den Club betrat, war alles erledigt. Fast wie bei den Heinzelmännchen, dachte Walli und lächelte vor sich hin. Sie nickte den Mädchen zu und öffnete die Eingangstür. Es war noch hell draußen. Die Sonne hatte wieder einige Freier hervorgelockt. Sie saßen vor den Türen der anderen Etablissements und gönnten sich schon reichlich den allabendlichen Alkohol.

Walli wollte keine Kneipe aus ihrem Club machen. Sie beließ

es dabei, ihre Gäste im Lokal zu bedienen. In all den Jahren hatte sich eine ordentliche Stammkundschaft gebildet. Natürlich gab es hin und wieder Probleme, aber die meisten Herren waren sehr seriös und vor allem solvent.

Sie konnte es gut verstehen, dass ihre Gäste die einsamen Abende nicht immer allein verbringen wollten. Sie wusste aus eigener Erfahrung nur zu gut, dass man auch im Restaurant allein sein konnte, selbst wenn man unter vielen saß und sein Essen verspeiste. Das Alleinsein kannte sie nun seit mehr als zehn Jahren. Damals, mit fast fünfzig, dachte sie noch, sie hätte es geschafft. Ihr Mann arbeitete bei der Lufthansa, verdiente viel Geld und peilte den Vorruhestand an. Sie selbst hatte gerade ihren Job als Reiseleiterin gekündigt. Künftig wollten sie nur noch gemeinsam auf Reisen gehen. Und dann kam es, wie man es nur aus dem Fernsehen kannte. Der letzte Arbeitstag ihres Mannes, die letzte Heimfahrt, der erste Herzinfarkt. Tot.

Walli schüttelte den Kopf und hielt ihr Gesicht in die Spätsommersonne.

Nach Georgs Tod ging alles ganz schnell. Die Witwenrente war nicht so hoch, wie sie erhofft hatte, ihr eigenes Erspartes bald aufgebraucht. Sie gönnte sich noch einige Reisen, dorthin, wo Georg unbedingt mit ihr hinwollte, aber schließlich musste sie zusehen, wie sie zukünftig ihren Lebensunterhalt bestreiten wollte.

Zurück in die Reisebranche wollte sie nicht mehr. Das Reisen hatte ohne ihn seinen Reiz verloren. Mit wem sollte sie ihre Erlebnisse teilen? Und dann kam eines Tages eine Freundin mit dem Angebot, ihr Lokal zu übernehmen. Sie selbst hatte genug Kohle gemacht und wollte irgendwo im Warmen ganz spartanisch ein gemütliches Leben führen. Letztendlich verschlug es sie nach Costa Rica. Das Lokal lief hervorragend, Walli brachte ihre persönliche Note hinein, und inzwischen hatte sie ihre Freundin schon zweimal in Montezuma auf der Halbinsel Nicoya besucht. Ja, mittlerweile hatte sie sich wieder mit ihrem Leben angefreundet. Seitdem sie die sechzig überschritten hatte, dachte sie öfter darüber nach, es ihrer Freundin gleichzutun.

Aber noch liebte sie ihr kleines Reich hier. Sie schaute auf das knallig pinkfarbene »W« über dem Eingang. Es strahlte in der Sonne, die schon fast hinter den Häusern verschwand. Zufrieden tippelte sie hinter den Tresen und spendierte ihren Mädels ein Glas Sekt, so wie jeden Abend, bevor der Betrieb losging.

Christin saß in ihrer Wohnung in der Bautzner Straße und sah aus dem Fenster. Der Straßenlärm kam ihr heute extrem laut vor. Vielleicht war es auch nur der krasse Gegensatz zur Einsamkeit in ihrer Baude in Oybin. Was würde sie darum geben, jetzt dort sein zu können. Sie musste nachdenken. Ihr Kollege hatte sich nicht zum vereinbarten Zeitpunkt gemeldet. War irgendetwas vorgefallen? Oder hatte er nur zu viel zu tun? War er womöglich aufgeflogen? Und warum konnte sie ihre Klappe nicht halten? Warum musste sie Humboldt heute nach seiner Schwester ausfragen? Er wirkte so unzufrieden mit seinem Leben. Die Falten auf seiner Stirn schienen sich immer tiefer einzukerben. Aber was hatte sie gedacht? Dass sie ihn mit ihrer blöden Fragerei aufheiterte? Er ließ sich nicht aufheitern, das wusste sie doch längst. Nicht von ihr, und schon gar nicht, wenn es um seine Schwester ging. Und nun hatte sie ihn auch noch an der Backe. Selbst schuld!

Christin wandte sich vom Fenster ab, angelte sich einen Becher Joghurt aus dem Kühlschrank und einen Löffel aus dem Geschirrspüler. Im Vorbeigehen warf sie einen Blick auf ihr Handy, keine Nachricht. Sie setzte sich an ihren Laptop und schaute sich die Bilder an, die ihr Kollege Thomas geschickt hatte: verwahrloste Mädchen in schäbigen Unterkünften. Die Filmdetails hatte Thomas ihr erspart. Sie konnte sich noch gut erinnern, als er zum ersten Mal Fotos gemailt hatte. Unscharf und dunkel. Trotzdem hatte sie Monique sofort erkannt. Schließlich hatte sie Monique häufig genug gesehen, als sie Humboldt beschattet hatte. Die markante Frisur und vor allem das Muttermal am Oberarm ließen ihr das Blut in den Adern gefrieren. Gern hätte sie Thomas eine Nachricht geschickt, dass er auf Monique besonders aufpassen sollte. Aber sie hatten vereinbart, dass sie auf Mitteilungen von ihm nur im äußersten Notfall reagieren sollte. Christin klickte wahllos in der Fotogalerie herum.

Abwesend löffelte sie ihren Joghurt. Es war immer noch unfassbar, wie sie es geschafft hatten, Thomas dort einzuschleusen. Sein Nachname war dabei von Vorteil. Svoboda ist ein gängiger Name in Tschechien, und als er noch nachweisen konnte, dass er im Armenviertel von Mladá Boleslav aufgewachsen war, war die Sache geritzt. Seit einem halben Jahr waren sie diesem Filmteam auf der Spur. Ständig wurden die Drehorte gewechselt. Oft waren es alte, leer stehende Häuser oder Fabriken abseits des Trubels. Meist blieben sie nur drei, vier Wochen und zogen dann weiter. Zwei unauffällige weiße Sprinter ohne Beschriftung brachten das Equipment sowie die Mädchen von Ort zu Ort. Die Filme tauchten irgendwann im Netz auf. Sie hatten lange gebraucht, bis sie herausfanden, wer dahintersteckte. Ein Name tauchte immer wieder auf: J. Czagek. Allerdings blieb im Verborgenen, was genau dieser Czagek damit zu tun hatte. Erst seit Thomas als Kameramann angeheuert hatte, ahnten sie, dass er der Kopf dieses Teams war. Oder jedenfalls ein Kopf. Vielleicht gab es noch andere Teams, vielleicht gab es noch einen Oberboss. Das hatte Thomas bisher nicht herausbekommen können. Aber er hatte herausgefunden, dass besagter Czagek am Dienstag in Teplice sein sollte. Und spätestens dann mussten sie die Polizei einschalten und die Mädchen retten. Sie hofften, mit ihrer Story den Pornoring zu knacken. Jetzt allerdings wünschte sie nur, dass Thomas bald eine Nachricht schicken würde. Ansonsten müsste sie Plan B aktivieren und die Polizei sofort einschalten.

Christin brauchte unbedingt eine Dusche. Der Tag war anstrengend gewesen. Sie legte ihr Handy auf den Waschbeckenrand und ließ sich das warme Wasser über den Körper rieseln.

Dunkelheit. Atmen. Sie musste atmen, auch wenn sie das Gefühl hatte, die Finsternis würde sie jeden Moment erdrücken. Wenn sie doch wenigstens ein bisschen mehr Kraft hätte. Die Erinnerung kam im Laufe des Tages unbarmherzig zurück. Fast wünschte sie, sie würde immer noch nichts ahnend hier liegen und vor sich hin dösen. Sie wollte sich nicht erinnern. Sie wollte diese schrecklichen Momente nicht immer und immer wieder durchleben. Wie konnte das passieren? Was war überhaupt passiert? Maria hatte gekämpft, gewimmert, herzzerreißend geschrien. Aber niemand kam. Sie hatten an die Türen geklopft, versucht, die Fenster zu öffnen. Nichts! Sie mussten einfach zuschauen, mitansehen, wie Maria starb. Das Wimmern wurde immer leiser. Und plötzlich war es still. Totenstill …

Sie versuchte, sich aufzusetzen. Langsam schob sie einen Fuß nach dem anderen vom Bett und hangelte sich an der Wand empor. Das Blut rauschte in ihren Adern. Ihr Kopf schmerzte entsetzlich. Kurz ausruhen, dachte sie. Sie hörte ein Stöhnen und schrak hoch. Die plötzliche Bewegung ließ sie taumeln. Fast wäre sie wieder zur Seite gekippt. Sie war also doch nicht allein! Der Versuch, noch ein Stück von der Wand abzurücken, misslang. Erschöpft lehnte sie sich wieder zurück. Sie wollte rufen, aber die Müdigkeit übermannte sie.

Ein lautes Klicken ließ sie erneut aufschrecken. Ein Schlüssel drehte sich im Schloss. Sie hoffte auf Hilfe. Sie hatten schließlich nichts getan, die mussten ihnen doch helfen. Mit lautem Knarzen öffnete sich die Tür. Das Licht brannte unbarmherzig in ihren Augen. Sie versuchte, die Hände vor ihr Gesicht zu heben. Dabei rutschte sie wieder an der Wand entlang, sie spürte noch kurz das weiche Kissen, dann blieb sie bewusstlos liegen.

Humboldt saß in seinem Wagen und ließ die Geschehnisse des Tages vorüberziehen. Irgendetwas passte nicht zusammen. So wie ihre Wohnung aussah, war Maria ein paar Wochen nicht zu Hause gewesen. Und entgegen ihrer Annahme musste sie sich die ganze Zeit in Dresden aufgehalten haben. Oder sie kam gerade erst zurück und jemand … So kamen sie nicht weiter. Die Befragung der Eltern hatte auch nichts mehr gebracht. Die Psychologin hatte Humboldt gebeten, später damit weiterzumachen. Sie mussten unbedingt Freunde und Bekannte von Maria ausfindig machen. Er schrieb sich kurz Notizen für den morgigen Tag auf, als das Telefon klingelte.

»Humboldt hier.«

»Herr Gommissar, isch muss Ihnen noch was Wichtsches sachen. Hick«, lallte es am anderen Ende der Leitung.

»Vierhaus? Sind Sie das? Sie sind ja völlig –«

»Tschhhh, nich so laud. Hi, hi, also heude wurde doch noch eene Frau vermi... vermischt gemelded, hick. Das wollde isch nur noch schnell loswärden. Hick, scheenen Abnd noch ...«

Am Tuten in der Leitung erkannte Humboldt, dass Marc Vierhaus aufgelegt hatte. Was war das? Es wurde noch eine Frau vermisst? Warum hatte dieser Idiot ihm nicht eher Bescheid gegeben, bevor er sich so volllaufen ließ? Humboldt versuchte, im Kommissariat noch jemanden zu erreichen. Vergebens. Das musste also bis morgen warten. Stinksauer startete er seinen Wagen und steuerte Richtung Innenstadt. Die Wellnessprospekte, die er aus Marias Wohnung geholt hatte, rutschten vom Beifahrersitz.

Schon beim Eintreten spürte er die wohlige Vertrautheit. Nie hätte er gedacht, dass ausgerechnet *er* hier in der Reisewitzer Straße ein und aus gehen würde. Aber das »Walli« war kein billiges Etablissement. Davon konnte er sich in der Zeit, als er Monique auf die Schliche gekommen war, ausgiebig überzeugen.

Walli hatte ihn entdeckt und kam mit offenen Armen auf ihn zu: »Och nee, de Griminahlbollidsei! Nu, wie gehd's Ihnen denn? Isch hab Sie escht lange nimmer hier gesähn. Gommse, hier am Dresen is immer ä Plätzl frei für Sie. Noch wie immer? Ä Gläschen Radeberger? Oder soll's lieber ä Scheelschn Heeßer sein?«

Humboldt grinste. Das breite Sächsisch gehörte einfach zu Walli, genau wie der ausladende Busen, den sie nur spärlich bedeckt hatte. Die roten Locken fielen ihr wild über die Schultern. Sie trug eine weiße Bluse und einen weit fallenden schwarz-weiß gestreiften Rock. Fast könnte man meinen, sie hätte eine Rolle in einem Westernfilm auszufüllen. »Ein Bier wäre prima. Danke, Walli.

»Nu mei Guhdsdor, erzähln Se ma. Suchen Se wieder jemanden? Had de Nique wieder irschendewas angestellt?« Freundlich lächelnd stellte sie das Bier vor Humboldt auf den Tresen.

Er nahm einen kräftigen Schluck und ließ das Gebräu genussvoll durch die Kehle laufen. Mit einer Hand wischte er Schaum vom Mund und schaute dabei schulterzuckend zu Walli. »Tja, wenn ich das so genau wüsste. Anscheinend ist sie da wieder in was reingerutscht … Ich weiß leider noch nichts Genaues. Ist hier irgendwas Auffälliges vorgefallen?«

Walli schürzte die Lippen und dachte nach. »Hm, nee, ni dass isch wüssde. Is alles irschendwie wie immer. De Logale hamm och keen Besitzer gewechseld, die Mädels kenn isch fasd alle … Nee, hier werdn Se nüscht finden über Ihre Kleene.«

Humboldt nickte. Das hatte er sich schon fast gedacht. Sicher war hier irgendein gut aussehender Typ in den Bars rumgezogen und hatte die Mädels zu irgendwas gelockt. So lief es doch fast immer. Vielleicht hat er ihnen was von Modefotos erzählt. Ob Monique den Eltern etwas erzählt hatte? Um das rauszufinden, musste Humboldt zu ihnen fahren, wozu er wenig Lust hatte. Eigentlich hatte er nie Lust dazu.

»Nu komm Se schonn. Se werdn se schonn wiederfinden, hm? Wolln Se heude mal eene von meinen Süßen verführn? Oder sisch verführn lassn?«, fragte Walli aufmunternd und deutete in Richtung der Loungeecke. »De Nina is würklich ne Schnegge mit ’nem echt knackschen Bohbsor. Mid der könn Se aber och nur reden. Hm? Was is?«

Humboldt schüttelte lächelnd den Kopf. »Ihre Mädels sind alle ganz bezaubernd, Walli. Aber ich würde gern einfach noch ein bisschen hier sitzen bleiben und mein Bier genießen. Außerdem habe ich ja Sie zum Plaudern, oder?«, fragte er spitzbübisch.

»Na, Se sinn mir ä Luhmich. Isch kümmer misch ma um die andern Gäste und bin glei wieder bei Ihnen.« Damit zwinkerte sie ihm zu und verschwand am anderen Ende des Tresens.

Humboldt musste schmunzeln. Das Siezen hatten sie sich erhalten, obwohl sich hier eigentlich jeder duzte. Aber Walli hatte damals darauf bestanden, weil er ja eine Person von öffentlicher Aufmerksamkeit war, wie sie immer sagte. Und da gehörte sich das Duzen gar nicht. Vielleicht später, wenn sie sich näher kannten, meinte sie. Was auch immer das bedeuten sollte.

Ganz in der Nähe saß Christin in ihrem Mini und wartete auf Thomas. Natürlich hatte der sich ausgerechnet in dem Augenblick gemeldet, als sie unter der Dusche stand. Sie dachte daran, wie sie versucht hatte, mit ihren seifigen Fingern das Handy zu greifen. Auch während des Telefonats hatte sie Mühe, es richtig festzuhalten. Erleichtert hatte sie einem Treffen mit Thomas in der Reisewitzer Straße zugestimmt. Worum es dabei ging, wollte er ihr erst vor Ort sagen. Sie hoffte, dass die ganze Sache nicht aufgeflogen war. Aber wäre er dann hier? An seiner Stimme konnte sie auch nichts Panisches erkennen. Sie nippte an ihrem Coffee to go und schaute die Straße entlang. Einige der Herren, die hier ein und aus gingen, erkannte sie wieder. Damals, als sie Humboldt auf der Spur war, hatte sie fast jeden Abend hier gestanden. Die Parklücke hinter der kleinen Verkehrsinsel war nahezu perfekt, um unauffällig zu beobachten. Natürlich war das Gelb ihres Fiats nicht wirklich dezent.

Als sie Humboldt aus einem der Lokale treten sah, erstarrte sie. Das gab es doch wohl nicht. Pflegte Humboldt hier immer noch regelmäßigen Kontakt? Er kam direkt auf sie zu. Fieberhaft überlegte sie, wie sie diese unangenehme Begegnung verhindern konnte. Nachher glaubte er noch, sie würde ihn wieder beschatten.

In diesem Moment ließ sich Thomas gut gelaunt auf den Beifahrersitz gleiten. »Hi, da bin ich. Hat ja superschnell geklappt.«

»Pst, nicht fragen«, zischte Christin ihn an und schlang ihre Arme um Thomas' Hals. Sie vergrub ihren Kopf in seinem Pullover.

»Na, na, hast du mich so sehr vermisst?« Belustigt wollte sich Thomas losmachen, Christin klammerte sich jedoch krampfhaft fest. »Christin? Was soll das? Alles in Ordnung?«

»Ja, ja, alles bestens. Tu einfach so, als wäre ich das Liebste, was du im Arm halten kannst. Nur noch einen Moment. Ist gleich vorbei.«

»Also ehrlich …« Verwirrt tat ihr Thomas den Gefallen.

Christin sah aus dem Augenwinkel einen verdutzten Humboldt vorbeilaufen. Er blieb kurz stehen, und seinem Gesicht konnte sie entnehmen, dass er kurz davor war, die Tür aufzureißen. Anscheinend ließ er sich aber doch von der Liebkosung täuschen und verschwand aus ihrem Blickfeld. »Gleich geschafft. Warte.« Vorsichtig lugte sie durch die Heckscheibe und gab Thomas ruckartig frei. »'tschuldigung«, murmelte Christin. Es war ihr furchtbar unangenehm, Thomas so bedrängt zu haben. Aber alles war ihr lieber, als sich wieder mit Humboldt anlegen zu müssen.

»Magst du mir etwas darüber erzählen? Es ging ja nicht wirklich um mich, oder?« Thomas schaute skeptisch um sich.

»Hm, nee, eigentlich nicht. Erzähl du mal lieber, was passiert ist. Und warum bist du heute in Dresden und nicht in Teplice?« Christin entkrampfte ihre Muskeln und lächelte ihn strahlend an. Erleichtert lehnte sie sich zurück und hörte zu.

Samstag, 5. Oktober, morgens

Die Fahrt von der Wiener Straße bis zum Kommissariat dauerte am Wochenende keine fünf Minuten. Manchmal ging Humboldt morgens von seiner Wohnung auch zu Fuß ins Polizeipräsidium. Aber heute wollte er lieber das Auto vor der Tür stehen haben, um flexibel zu sein.

Im Besprechungsraum deckte Lilly summend den Tisch. Vorsichtig schlich er sich vorbei in sein Zimmer. Er hatte nicht damit gerechnet, dass so früh schon jemand im Büro sein würde. Aber Lilly wollte anscheinend etwas gutmachen. Erleichtert ließ er sich in seinen Stuhl fallen. Die Erinnerung an die Begegnung mit Christin gestern Abend schlich sich immer wieder in seine Gedanken. In seiner ersten Entrüstung war er drauf und dran gewesen, die Autotür aufzureißen und sie zur Rede zu stellen. Im letzten Moment konnte er sich noch zurückhalten, als er erkannte, in welcher Situation er sie ertappt hatte. Puh, das wäre ja wieder Stoff für Sticheleien ihrerseits gewesen. Darauf konnte er gut verzichten.

Humboldt nahm sich seine Notizen vor, die er gestern Abend zu Hause gemacht hatte. Er verbannte Christin aus seinen Gedanken und konzentrierte sich auf den Fall.

Wenig später warteten Stein und Marc Vierhaus im Besprechungsraum auf die Kollegen. Die beiden hatten kaum etwas miteinander zu reden. Sie waren so unterschiedlich, so uninteressant für den jeweils anderen. Der Jüngere dachte, dass es an der Zeit sei, frischen Wind in die Abteilung zu bringen, und zwar mit dem Kopf durch die Wand. Der Ältere belächelte die Unwissenheit und Unbeherrschtheit der jungen Generation. So plätscherte die Unterhaltung auf Small-Talk-Niveau: Wetter, Straßenverkehr, Fußball. Keiner würde dem anderen eigene Informationen, die für den Fall relevant waren, preisgeben. Beide entspannten sich erst, als Lara König mit einer Ladung Kuchen den Raum betrat. Kurz darauf kam Lilly mit dem Kaffee. Die Situation war gerettet.

Humboldt wies direkt beim Eintreten darauf hin, dass schon zwei Tage vergangen seien und sie noch nichts in den Händen hätten. Mampfend stimmten die Kollegen zu.

»Guten Morgen erst mal. Aber wir haben keine Zeit, um Kaffeeklatsch zu halten.« Er schaute in die Runde. »Lara, ich habe hier die Wellnessprospekte aus Marias Wohnung. Bitte setzen Sie sich direkt daran und finden Sie heraus, ob eine der Schönheitskliniken dabei ist, die Sie gestern erwähnt haben. Vielleicht haben wir Glück und müssen uns nicht an die Staatsanwältin wenden.«

»Oder wenigstens erst, wenn wir etwas mehr auf dem Tisch haben.« Stein trank einen Schluck Kaffee. »Marias Eltern sind für neun Uhr bestellt, also in genau fünfzig Minuten.«

»Gut, das übernehme ich«, sagte Humboldt. Plötzlich huschte ein Grinsen über sein Gesicht. »Marc …« Er schaute zu seinem jungen Kollegen. »Wiederholen Sie doch bitte noch einmal Ihre Information von gestern Abend. Mit etwas weniger Dialekt werde ich es vielleicht auch besser verstehen.« Humboldt widerstand der Versuchung, allen zu erzählen, dass Marc Vierhaus in angetrunkenem Zustand stark sächselte.

Marc Vierhaus räusperte sich und versuchte krampfhaft, sein glühendes Gesicht hinter seiner Hand, die permanent über seine Stirn strich, zu verbergen. Es hatte den Anschein, als müsste er stark nachdenken. Erstaunlich klar kamen seine Worte: »Ja, also, gestern, im Laufe des Tages, wurde eine Frau als vermisst gemeldet. Angeblich ist auch sie seit Wochen verschwunden.«

»Und warum erfahren wir das erst jetzt?«, warf Stein empört dazwischen.

»Tja, die Vermisste hatte ebenfalls ihrer Freundin –«

»Nein, ich meine, warum hast du uns das nicht schon gestern erzählt? Wer hat sie vermisst gemeldet? Ist sie auch aus Dresden?«

»Schon gut, Frank, ich glaube, Marc weiß, was er falsch gemacht hat. Er hat mich ja gestern Abend noch angerufen.« Humboldt wandte sich wieder an Vierhaus. »Fahren Sie fort!«

»Also, wie ich gerade gesagt habe, eine Freundin von ihr war da und hat erzählt, dass …«, er schaute auf seine Notizen,

»… Asha Rebello seit Wochen nicht mehr gesehen wurde. Asha hatte behauptet, sie würde zu ihren Eltern nach Indien fahren. Dort war sie aber nie. Einen Freund gibt es auch nicht.« Er warf seinen Kugelschreiber auf den Block. »Also, wo war sie dann?«

»Dort, wo Maria war«, lautete die Antwort von Lara König. »Nur leider wissen wir nicht, wo die die ganze Zeit gesteckt hat.«

Marc Vierhaus rollte die Augen. »Wahnsinnslogik! Wie bist du da jetzt bloß drauf gekommen?«

»Okay!« Humboldt schaute auf die Uhr. Noch zwanzig Minuten. »Lara, Sie wissen, was zu tun ist. Frank, du nimmst bitte Kontakt mit der Vermisstenstelle auf und beorderst die Freundin der Vermissten noch einmal hierher. Und Marc, Sie kennen sich ja bestens in der Neustadt aus, wie ich gehört habe.« Das konnte er sich jetzt doch nicht verkneifen. »Sie suchen nach Freunden und Bekannten von Maria. Zur Not holen Sie sich noch einmal Hilfe von Richters Assistentin. Sie hatten sich ja, glaube ich, auch ganz gut verstanden.«

Das kurze Aufleuchten in den Augen von Marc Vierhaus war ihm nicht entgangen. Lara König allerdings auch nicht. »Ach? Die Nächste am Start?«, warf sie schnippisch ein und raffte geräuschvoll die Prospekte vom Tisch.

»Da sind aber jetzt alle Lokale zu. Wir haben schließlich Samstagmorgen«, entgegnete Marc Vierhaus.

»Dann recherchieren Sie vorerst im Internet nach Maria. Vielleicht finden Sie da schon einige Anhaltspunkte, wo sie gern hingegangen ist und was sie sonst noch so getrieben hat.«

Alle gingen, nur Lilly wirkte etwas einsam hinter ihrem Schreibtisch. Er musste ihr bald signalisieren, dass sie im Team bleiben würde, dachte Humboldt.

In seinem Büro war es still. Man hätte die berühmte Stecknadel fallen hören können. Humboldt versuchte, sich der Stille anzupassen. Er studierte die Gesichter von Marias Eltern. Die Trauer saß tief, das konnte er an den dunklen Ringen unter den müden Augen erkennen. Sie hatten kaum aufgeblickt, als er die Tür geöffnet hatte. Sie saßen wie zwei Puppen in den Besuchersesseln, die links an der Wand standen. Zwischen ihnen ein kleiner runder Tisch. Die Gläser darauf wackelten bei jedem Schritt, den er tat. Er wollte dieses kippelige Etwas schon lange austauschen und kam nie dazu. Humboldt ging um seinen Schreibtisch herum und saß ihnen jetzt genau gegenüber.

Er räusperte sich. »Frau de Souza, Herr de Souza, haben Sie eine Idee, wo sich Ihre Tochter in den letzten Wochen aufgehalten haben könnte?«

Keine Reaktion. Nur ein schwaches Schulterzucken.

»Sie müssen uns helfen, das herauszufinden. Wir sind sehr in Zeitnot.« Humboldt hoffte, mit dieser Äußerung die de Souzas aufzurütteln.

Es funktionierte. Die brüchige Stimme von Frau de Souza war fast nicht zu hören: »Wieso Zeitnot? Maria ist doch schon tot.« Eine Träne rollte über ihre Wange.

»Es wird noch eine junge Frau vermisst. Sie ist ebenfalls vor ein paar Wochen unter falschen Angaben verschwunden und zum geplanten Zeitpunkt nicht wiederaufgetaucht. Wir vermuten, dass es da einen Zusammenhang gibt.«

»Wer ist diese Frau?«, fragte Herr de Souza nach.

Humboldt war erleichtert, dass sie sich auf das Gespräch einließen. »Asha Rebello ist ihr Name. Sie ist Inderin und studiert hier an der Fachhochschule Modedesign. Haben Sie den Namen schon einmal von Ihrer Tochter gehört?«

»Eine Studentin? Was hätten wir drum gegeben, wenn sich Maria mit solchen Mädels abgegeben hätte. Die waren unter ihrem Niveau, hat sie immer gesagt.« Frau de Souza schnappte nach Luft.

Humboldt hatte das Gefühl, sie taute langsam auf.

Auch Herr de Souza wirkte irritiert. »Maria kam immer mit den schrecklichsten Freunden nach Hause. Manchmal wussten wir nicht, ob die überhaupt irgendwo wohnten. Manche blieben tagelang bei ihr. Und wenn wir sie darauf angesprochen hatten, zog sie trotzig mit ihnen ab und kam selbst manchmal nächtelang nicht wieder.« Er schaute verzweifelt auf seine Hände. »Es war wirklich schwierig mit ihr. Sie war doch mal so ein liebes Mädchen. Aber irgendwann gab es bei ihr nur noch ein Thema: Schönheit. Und wer da nicht reinpasste, hatte keine Chance in ihrer Clique.«

»Dabei hatte es Maria selbst schwer.« Frau de Souza lächelte zynisch. »Wissen Sie, sie meinte immer, ein paar Kilo zu viel auf den Rippen zu haben. Das musste sie ja mit irgendwas wettmachen. Also versuchte sie, ständig die coolsten Sprüche zu klopfen, den Ton anzugeben. Und die anderen Hühner folgten ihr.« Sie besann sich, als würde sie sich erst jetzt wieder daran erinnern, dass es Maria nicht mehr gab. Flüsternd fügte sie an: »Also nein, eine Asha ist uns nicht untergekommen.«

Herr de Souza nahm die Hand seiner Frau und drückte sie zärtlich. »Wann können wir Maria sehen?«

»Ich lasse Sie gleich hinbringen. Eine Frage habe ich noch. Erinnern Sie sich denn noch an die Namen der Freunde oder Freundinnen, mit denen Maria zu tun hatte?«

Sie schüttelten beide resigniert den Kopf.

Humboldt fragte sich, warum sie Maria in Dresden allein gelassen hatten. Dabei fiel ihm seine Schwester wieder ein. Manchmal hatte man vielleicht keine andere Wahl, wenn man noch ein eigenes Leben haben wollte. Was würde er als Vater tun? Gedankenvoll klappte er sein Notizbuch zu.

»Würden Sie meiner Assistentin bitte mitteilen, wo wir Sie finden können? Nur, falls noch Fragen auftauchen.« Er begleitete die de Souzas nach draußen und erteilte der erstaunten Lilly den Auftrag, sie in die Gerichtsmedizin zu bringen. Lilly nickte eifrig und blickte Humboldt dankbar an.

Humboldt stand am Fenster und schaute auf den Pirnaischen Platz. Mit dem regen Autoverkehr, der inzwischen stark zugenommen hatte, ließ er seine Gedanken fließen. Wenn sich nicht mal Marias Eltern an irgendwelche Freunde erinnern konnten, würde es schwierig werden, herauszufinden, wo sich Maria rumgetrieben hatte. Greifbare Hoffnung auf ein Stück Information lag jetzt bei Kati, Richters Assistentin. Marc Vierhaus würde das schon machen. Bei Frauen, die er interessant fand, konnte er sehr charmant sein. Humboldt schaute auf die Uhr. Die vierundzwanzig Stunden, die er Christin Weißenburg eingeräumt hatte, waren fast vorbei. Und noch immer hatte er nichts von ihr gehört. Er gab sich einen Ruck und wählte ihre Nummer. Sonst war sie es meistens, die sich penetrant bei ihm meldete. Irgendwann hatte er dann ihre Nummer eingespeichert, damit er wenigstens selbst entscheiden konnte, ob er das Gespräch mit ihr führen wollte oder nicht. Nach mehrmaligem Tuten legte er auf. Er rief beim »Elbflorenz« an und ließ sich zu ihr durchstellen, aber auch dort erreichte er sie nicht. Vielleicht ist sie in einem Meeting, flötete ihm die Frau aus der Zentrale ins Ohr, als er wieder bei ihr landete. Humboldt überlegte. Im Moment konnte er hier nicht viel tun. Die Kollegen waren noch beschäftigt. Er sagte Lilly, die etwas blasser als zuvor schien, Bescheid und machte sich auf den Weg.

Der Sitz der Redaktion lag in der Nähe der Altmarkt-Galerie im selben Gebäude wie das Haus des Buches. Also keine zehn Minuten Fußmarsch vom Polizeipräsidium entfernt. Auch das liebte Humboldt an seiner Stadt – einmal im Zentrum angekommen, konnte er alles zu Fuß erreichen. Und seitdem er seine Wohnung in der Wiener Straße hatte, brauchte er sein Auto fast nur noch dienstlich. Oder für Fahrten in die Sächsische Schweiz. Humboldt zog den Reißverschluss seiner Softshelljacke hoch. Über Nacht war es noch kühler geworden. Im Allgäu hatte es sogar schon geschneit. Das war hier noch nicht zu befürchten, aber die feuchte Luft ließ den Regen schon erahnen. Er bog in die Landhausstraße ein, überquerte den Pirnaischen Platz und ging die schmale Ringstraße am Kaitzbach entlang, die später in den Dr.-Külz-Ring mündete. Hier ließ er sich von den Einkaufstouristen mitreißen. Vorbei am Rathaus der Stadt Dresden mitten hinein in den Trubel, das Lachen, das Hetzen der Menschen, die einen freien Samstagvormittag genossen. Als er am Haus Nummer 12 ankam, bedauerte er, dass sein Samstag so arbeitsreich sein würde. Zu gern wäre er an den Regalen mit den vielen verheißungsvollen Buchrücken vorbeigeschlendert und hätte sich später mit neuem Lesestoff in das Café im obersten Stock gesetzt, dort geschmökert oder einfach nur Leute beobachtet.

Stattdessen bog er in einen anderen Teil des imposanten Glasgebäudes ab und fragte bei der flötenden Empfangsdame nach Christin. So richtig wohl war ihm nicht dabei. Schließlich wollte sie sich melden. Er war noch nie einer Frau hinterhergelaufen. Aber so fühlte er sich jetzt. Die Dame zeigte ihm mit einer grazilen Handbewegung den Weg. Und da stand er nun. Mitten in einem Chaos aus Papierstapeln, Zeitungsausschnitten, Protokollen, Büchern, Zeitschriften und … klebrigen Gummibärchentüten. Puh! Humboldt schnaufte tief durch und vergewisserte sich noch einmal, dass er im richtigen Büro war. An der Glastür stand eindeutig »Christin Weißenburg, Ressort Gesellschaft«. Er ließ seinen Blick noch einmal in dem hellen Büro kreisen. So konnte Christin also auch sein. Das machte sie ihm fast ein bisschen sympathischer. Er hatte immer geglaubt, sie wäre eine durchorganisierte, knallharte Journalistin. Aber das hier passte nicht wirklich dazu. An den Wänden hingen großformatige Fotos von den schönsten Flecken der Erde. Erst bei längerem Anschauen fiel ihm auf, dass es auch für ihn die schönsten Flecken waren. Das waren nicht die typischen Schickeria-Urlaubsziele. Er entdeckte den Preikestolen in Norwegen, der sechshundert Meter senkrecht in den Fjord abfiel, die roten Kata Tjuta, auch genannt Die Olgas, vor einem stechend blauen Himmel mitten im Herzen Australiens, ewig lange Hängebrücken, die sich durch grünes Blattwerk des Urwalds schwangen. Humboldt war beeindruckt. Auch sie war auf all diesen Bildern zu sehen. Mal allein, mal in Begleitung. Ein Bild nahm ihn besonders gefangen. Sie an einem Felsen in der Sächsischen Schweiz. Er kannte den Weg gut. Er war nicht besonders schwierig, aber lang. Genau diesen Schusterweg am Falkenstein hatte er vor zwei Tagen gehen wollen. Humboldt schwelgte noch eine Weile in dem wohligen Gefühl, das ihn immer überkam, wenn er an ferne Ziele dachte.

Das pfeifende Geräusch einer bremsenden Straßenbahn holte ihn schlagartig zurück in die Gegenwart. Sollte er jetzt noch weiter warten? Oder nach ihr fragen? Humboldt hatte das Gefühl, schon zu lange allein in ihrem Zimmer gewesen zu sein. Es war überhaupt sehr ruhig in den Räumlichkeiten. Waren alle unterwegs? Oder in einer Besprechung? Es nervte ihn jedenfalls maßlos, dass er jetzt nichts über Monique erfahren konnte. Humboldt ging zu diesem großen Durcheinander, unter dem er den Schreibtisch vermutete. Er suchte nach Stift und Zettel. Eine Notiz erregte seine Aufmerksamkeit: Oskar Stanislaus. Mit Ausrufezeichen. Und ganz oben auf dem Haufen. War das was Aktuelles? Etwas blitzte in ihm auf. Erinnerungen an die Zeit, als er Monique gesucht hatte und dieser Stanislaus ihm ständig über den Weg gelaufen war. Er war ein schmieriger Typ, aber für einen Zuhälter wirkte er zu unprofessionell. Vielleicht war er ein Handlanger. Er hatte es nie herausgefunden und wollte es bisher gar nicht wissen. Aber was hatte der Name Stanislaus jetzt auf diesem Schreibtisch zu suchen? War Christin gestern doch nicht nur zufällig in der Reisewitzer Straße? Warum tauchte Stanislaus schon wieder in seinem Leben auf? Und hatte er etwas mit Monique zu tun? Humboldt kreisten die Fragen wild durch den Kopf. Er hatte das dringende Verlangen, ganz schnell dieses Gebäude zu verlassen. Er hinterließ keine Nachricht und war froh, dass am Empfang niemand zu sehen war. Er stürmte die Treppe hinunter und ließ sich von den fröhlichen Massen auf der Straße verschlucken.

Im Büro des Kommissariats fand Humboldt eine ungeduldige Lara König vor. Sie hatte auf seinem Tisch einige Prospekte ausgebreitet, und er entdeckte auch die Zeitschriften, die er in Marias Wohnung gefunden hatte.

»Wo waren Sie denn?«, nörgelte Lara König sofort los. »Ich warte hier schon mehr als eine halbe Stunde auf Sie.«

Humboldt hängte seine Jacke über die Stuhllehne.

»Die können Sie gleich wieder anziehen. Ich denke, ich habe die Klinik gefunden, in der Maria war.«

Damit zog sie natürlich sofort Humboldts Aufmerksamkeit auf sich. Interessiert schaute er sich die Unterlagen an.

»Hier. Ich bin alle Zeitschriften und das ganze Zeugs von Maria durchgegangen. Und? Bingo! Hier hat sie was angestrichen.« Sie wies auf einen bunten Hochglanzprospekt, der eine schneeweiße Klinik mit einem von Pappeln gesäumten Weg zeigte.

Wie kitschig, dachte Humboldt. Fehlte nur noch eine von diesen schmalzigen Serienmelodien im Hintergrund. »Hm, gut! Haben Sie schon dort angerufen? Bevor wir den Ausflug dahin starten, würde ich gern wissen wollen, ob es sich lohnt.«

»Nee, die hätten mir sowieso wieder keine Auskunft gegeben. Aber ich habe es anders herausbekommen.« Lara König lächelte schnippisch. »Ich habe mir den Verbindungsnachweis von Marias Telefonanschluss schicken lassen. Und siehe da: Als einzige Klinik hatte sie die im Müglitztal angerufen. Und das ziemlich oft.« Sie kramte in ihrer großen Tasche und brachte einen mehrseitigen Ausdruck zum Vorschein.

Was Frauenhandtaschen so alles verbergen, dachte Humboldt verwundert. »Haben Sie die Bescheinigung der Staatsanwältin auch in Ihrem Beu… äh Tasche?«

Lara König schürzte beleidigt die Lippen.

»Nein, das haben Sie echt toll gemacht. Wann hat sie denn eigentlich das letzte Mal dort angerufen?«

»Schauen Sie sich doch bitte alles im Auto an. Ich finde, wir sollten jetzt erst mal los. Oder haben Sie schon andere Hinweise zu Marias Tod?«

Sie hatte recht. Eile war geboten. »Ich kann aber nicht fahren und lesen«, versuchte Humboldt das Unvermeidliche zu verhindern.

Aber Lara König schnappte sich schon ihre Jacke und klimperte mit ihrem Autoschlüssel. »Ich fahre, Sie lesen.«

Resigniert angelte sich Humboldt noch schnell ein paar Bonbons aus der Glasschale am Eingang. Mit Lara König Auto zu fahren war fast, als wäre man auf der Flucht. Manchmal hatte er schon überlegt, ob sie ihren Führerschein auf dem Sachsenring gemacht hatte. Fehlte nur noch, dass sie sich mit Helm und

Handschuhen hinters Steuer setzte. Beim Gedanken an die gemeinsame Fahrt wurde ihm jetzt schon schlecht.

Und so kam es dann auch. Innerhalb der Stadt hörte er ständig ihr sehr originelles »Taxigrün«. Was so viel heißen sollte wie: Wieder mal gerade noch bei Gelb über die Kreuzung geschossen. Und als es ländlicher wurde, schnitt sie die Kurven und überholte, dass ihm schwindlig wurde.

»Lara, bitte! Ich habe vor, noch eine Weile zu leben.« Humboldt klammerte sich mit der einen Hand am Haltegriff, mit der anderen am Armaturenbrett fest. »Wie soll ich denn hier irgendwas lesen?«

»Okay, ich schalte einen Gang runter, Chef.«

»Sie müssen nicht schalten, nur das Gaspedal etwas mehr schonen.«

Schmunzelnd bemühte sich Lara König, mit dem Normalverkehr mitzurollen.

Humboldt schnaufte durch und steckte sich eins von den Bonbons in den Mund. »Wann haben Sie eigentlich das letzte Mal Ihren Führerschein entzogen bekommen?«, fragte er nach einer Weile.

»Noch nie.« Lara König schaute ungläubig. »Warum?«

»Sie fragen nicht ernsthaft nach dem Warum, oder?«

Aber ihr Gesicht wirkte ganz entspannt. Lediglich eine kleine Falte zog sich über ihre Stirn, so als würde sie nachdenken.

Humboldt versuchte es anders. »Sie müssen auf sich achtgeben. Wenn Sie so rasen, dann wird bald mal irgendwas Schlimmes passieren. Und möglicherweise sind dann nicht nur Sie am Unfall beteiligt.«

»Och nee, Chef, ehrlich, ich pass schon auf mich auf. Ich kenne Autofahren nicht anders. Mein Vater fährt auch so. Es muss doch auch Spaß machen.«

Dass es den Mitfahrern mit Sicherheit keinerlei Spaß bereitete, behielt Humboldt für sich. Lara König war schließlich alt genug. Er faltete die Liste auseinander und konzentrierte sich auf die Namen. Lara König hatte schon vorgearbeitet und alle Verbindungen zur Müglitztalklinik markiert.

Im Februar hatte Maria oft mit der Klinik telefoniert. Zwei Gespräche dauerten sogar fast eine Stunde. Was konnte man so lange mit einem Arzt besprechen? Waren die nicht immer im Stress? Das nächste Gespräch gab es erst wieder Anfang Juli. Kurze Gespräche immer zur selben Zeit, abends, etwa halb sieben. Hm, was sagte das aus? Humboldt konnte sich keinen Reim darauf machen. Sie waren schon im Müglitztal angekommen und schlängelten sich durch den Talgrund. Ob hier überhaupt mal die Sonne schien? Nicht dass Humboldt es nicht schön fand, aber ihm wäre es zu dunkel gewesen.

Hinter Weesenstein mussten sie rechts in Richtung Crotta den Berg hinauf. Es lichtete sich, und als Wald und Straße wieder aufeinandertrafen, ging es wieder rechts ab. Von hier aus konnten sie schon die lange Alleeauffahrt sehen und ganz hinten die Klinik erkennen. Interessanterweise schien Lara König jetzt auf der Bremse zu stehen. Sie hatte das Fenster leicht geöffnet und sog die frische Luft tief ein. »Ah, so ein Herbstwald duftet einfach herrlich, oder, Chef?«

»Das ist wohl wahr. Und er sieht auch prachtvoll aus. Die bunten Ahornbäume …«

Vergessen war der Disput um die Raserei. Sie zuckelten der Klinik entgegen und hingen kurzzeitig ihren Gedanken nach.

»Okay, wir müssen«, sagte Lara König, nachdem sie den Wagen auf dem Kundenparkplatz abgestellt hatte, und stieg als Erste aus.

»Machen wir es wie immer? Ich rede, Sie schauen.« Humboldt quetschte sich aus der Beifahrertür, da der Wagen zu nah an einem anderen geparkt war.

»Gute Idee, vielleicht kann ich ja auch noch was für meine Ti… äh, Figur tun.« Grinsend legte Lara König beide Hände vor ihre Brüste und formte zwei riesige Bälle in der Luft.

Beschämt schritt Humboldt schnell auf den Eingang zu. Was war das für eine Type? Wenn man sie näher kannte, kamen ja manch merkwürdige Dinge zum Vorschein. Von wegen Streberin. Da hatten sich seine Kollegen wohl gründlich getäuscht. Humboldt fand, dass sie eine Bereicherung für das Team war, und er würde sie gern dort behalten. Obwohl er zugeben musste, dass sie im Wettstreit um die Beförderung derzeit die Nase vorn hatte. Nach dem letzten sächselnden Ausflug des Kollegen Vierhaus stand es 1:0 für Frau König. Bisher.

Sie betraten den gigantischen Eingangsbereich. Riesige Säulen stützten die Decke. Es war eine Mischung aus Antike und Neuzeit, obwohl natürlich alles neu gebaut war. Die dezenten griechisch-römischen Elemente gaben dem Raum etwas Archaisches. Der eigentliche Bau jedoch bestand aus Stahl und Glas. Rechts und links der Eingangshalle befanden sich Aufzüge sowie ausladende Treppen.

Für Humboldt war das alles viel zu pompös. Er schüttelte den Kopf. Wie viel Geld in diesem Haus steckte! Da blieb nur zu hoffen, dass hier legale Privatgelder der Klinikbesitzer verbaut wurden und nicht zusätzliche Mittel aus Steuern von Normalbürgern hineingeflossen waren. Auch die seinen, dachte Humboldt und steuerte auf den Empfangstresen zu, um den Weg zum Klinikchef Dr. Grün zu erfragen.

Nach mehrmaligem Klopfen öffnete eine etwas gestresst wirkende, aber sehr adrett aussehende junge Dame die Tür und ließ ihn eintreten. Sie nahm hinter einem riesigen Schreibtisch in dem sehr geräumigen Büro Platz und schaute ihn erwartungsvoll an.

Humboldt hatte Mühe, sich zu konzentrieren. Der Blick durch die Glaswand im Rücken der jungen Frau nahm ihn gefangen. Er war fast geneigt zu glauben, dass es sich um eine Wandtapete handelte, so intensiv waren die Farben des Waldes im Hintergrund.

»Was kann ich für Sie tun, Herr …?« Die junge Frau schien einen Tick genervter zu sein.

Humboldt räusperte sich. »Kriminalhauptkommissar Humboldt. Ich muss mit Dr. Grün sprechen.«

Instinktiv nahm die junge Frau Haltung an. »Und warum, wenn ich fragen darf?«

»Dazu würde ich gern erst einmal erfahren, wer Sie sind.«

»Nina Zander. Ich bin die Assistentin von Herrn Dr. Grün.« Sie kam um den Tisch herum und gab Humboldt die Hand. »Setzen Sie sich. Er wird in …«, sie schaute auf ihre Uhr, »… sechs Minuten hier sein.«

Humboldt nahm auf dem Besucherstuhl mit Panoramablick Platz.

»Herr Dr. Grün ist immer äußerst pünktlich. Wenn er sagt, dass ein Termin dreiundzwanzig Minuten dauert, dann ist er auch nach dreiundzwanzig Minuten wieder hier. Er sagt nicht, in circa fünfundzwanzig Minuten. Nein, da ist er sehr korrekt. Und es macht ihm anscheinend großen Spaß, die Leute damit zu verwirren. Ein Hobby quasi.« Nina Zander hatte ebenfalls wieder auf ihrem Thron Platz genommen. »Also, können Sie mir schon einmal sagen, worum es geht?«

Humboldt hatte seinen Notizblock in der Hand und blätterte kurz darin. Als er aufsah, schauten ihn zwei große blaue Augen an. Einen kurzen Moment hatte er das Gefühl, Christin Weißenburg gegenüberzusitzen. Er schüttelte den Gedanken ab.

»Wir ermitteln in einem Mordfall. Die Tote war eine Ihrer Patientinnen. Maria de Souza. Sagt Ihnen der Name etwas?«

Nina Zander schnappte nach Luft. »Die Tussi ist tot?« Sie schlug ihre Hand vor den Mund. »Oh, Entschuldigung! Aber sie gehörte nicht gerade zu meinen Lieblingspatientinnen.« Nina Zander drehte sich auf ihrem Stuhl Richtung Wald und atmete immer noch tief aus und ein.

»Und warum, wenn ich fragen darf?«

»Was? Warum?« Nina Zander schien mit ihren Gedanken weit weg. »Ach so. Na ja, sie wollte immer bevorzugt behandelt werden. Und Dr. Grün hat sich auch darauf eingelassen. Bei ihr hat er sich übrigens nicht an seine genauen Zeitpläne gehalten.« Sie wandte sich wieder Humboldt zu. »Und wie die ihn angeschmachtet hat … Also ehrlich.«

»Und hat der Herr Doktor zurückgeschmachtet?«

»Wo denken Sie hin?« Nina Zander hob abwehrend die Hände.

Humboldt hatte das Gefühl, dass ein missgünstiger Blick über ihr Gesicht gehuscht war. Er musste Grün später damit konfrontieren. »Wie oft war denn Frau de Souza hier gewesen?«, wollte Humboldt wissen.

»Nicht so oft. Sie hatte ja nie Zeit. Immer beschäftigt. Freizeitstress, sage ich da nur.« Die Antipathie war deutlich in ihrer Stimme zu hören. »Aber sie konnte stundenlang telefonieren. Dafür nahm sich Dr. Grün auch immer sehr viel Zeit.« Sie machte einen abfälligen Gesichtsausdruck. »Und ich hatte den Terminstress, wenn Sie verstehen …«

Humboldt nickte, auch wenn er nicht ganz verstand. Es ging wohl um Terminverschiebungen oder gar Absagen. Wer weiß. »Frau Zander, Sie haben doch alle Termine von Herrn Dr. Grün hier vermerkt, oder?«

Sie schaute skeptisch. »Alle dienstlichen Termine, ja. Warum?«

»Können Sie mir sagen, wo sich Herr Dr. Grün am 2. und 3. Oktober aufgehalten hat?«

Nina Zander schaute im Kalender nach. »Am 2. hat er einen Vortrag gehalten. Und zwar in Halle.«

»Kommt er gewöhnlich nach solchen Veranstaltungen noch nach Hause?«, wollte Humboldt wissen.

»Nein, meistens nimmt er sich ein Hotel.«

»Und das hat er diesmal auch getan?«

»Ja, ich habe ihm ein Zimmer im Charlottenhof in der Dorotheenstraße gebucht«, antwortete Nina Zander nicht ganz ohne Stolz. »Das ist ein erstklassiges Hotel, und Herr Dr. Grün war wie immer sehr zufrieden mit meiner Auswahl.«

Als sich in seinem Rücken die Tür öffnete, fuhr Humboldt erschrocken herum. Er sah einen attraktiven grauhaarigen Herrn mit etwas zu viel Bräune im Gesicht vor sich. Sein Blick sprach Bände, und als Humboldt Lara König hinter Dr. Grüns Rücken auftauchen sah, wusste er, woher dieser Ausdruck kam.

»Herr Kommissar!« Dr. Grün schüttelte Humboldt kurz die Hand und nickte in Richtung seines Büros. »Kommen Sie! Nina, bringen Sie bitte Kaffee rein und geben Frau König hier draußen auch einen.«

Damit war alles gesagt, und Humboldt folgte Grün in sein

Büro. Etwas befremdet, da es sich fast wie ein Befehl anhörte. Dabei fiel ihm direkt die Frau Staatsanwältin ein. Dr. Grüns Stimme klang eigentlich nicht befehlsmäßig. Anscheinend gehörten klare Anweisungen zu seinem Beruf.

Beim Schließen der Tür sah Humboldt noch den irritierten Ausdruck in Laras Gesicht. Vielleicht war es gar nicht so schlecht, dass sie bei Nina Zander blieb. Die schien ja einiges über Maria berichten zu können. Unauffällig nickte er Lara König zu und deutete mit den Augen Richtung Nina Zander.

Humboldt stieß kurz Luft aus, als er die Größe von Grüns Arbeitszimmer erfasst hatte. So hatte er früher gewohnt. Eine komplette Wohnung war das, mit Dusche, Küche, Schlafzimmer und Wohnraum. Auch hier beherrschte wieder die wandfüllende Glasfront den Raum. Humboldt überlegte, ob er hier konzentriert arbeiten könnte. Er fürchtete, dass er in Gedanken ständig beim nächsten Kletterfelsen wäre oder das Bedürfnis hätte, durch den Wald laufen zu wollen.

Grün schien seine Gedanken zu lesen. »Man gewöhnt sich dran, glauben Sie mir. Anfangs musste ich mich auch zwingen, mich auf meine Papiere zu konzentrieren. Und jetzt?« Er hob bedauernd die Schultern. »Jetzt bin ich froh, wenn Sommer ist und ich das Haus verlassen kann, solange es noch hell ist. Bald ist Zeitumstellung, und dann fühle ich mich wieder wie im gläsernen Gefängnis.« Dr. Grün bedeutete Humboldt, sich zu setzen. »Ich weiß, ich bin der Chef und sollte das selbst steuern können. Tue ich ja auch. Nur viel zu selten. Aber genug davon. Ich bin ehrlich gesagt ziemlich geschockt! Was ist mit Maria passiert?«

Humboldt fasste kurz die Situation zusammen. In Grüns Gesicht sah er echte Betroffenheit. Oder war es sogar mehr?

Dr. Grün schluckte und sah zur Seite. Nach einer Weile setzte er an: »Wissen Sie, ich bin zwar Arzt, aber in meinem Berufszweig geht es um Schönheit, darum, die Patienten glücklich zu machen. Aber der Tod … der spielt hier eigentlich keine Rolle.« Er schaute wieder zu Humboldt. »Wie kann ich Ihnen jetzt helfen?«

Die Tür öffnete sich, und Nina Zander brachte den Kaffee.

Humboldt wartete, bis sie wieder allein waren. »Tja, wir suchen immer noch nach Anhaltspunkten, wo Maria in den letzten Wochen war. Hatte sie mal etwas erwähnt? Oder hatte sie einen Termin hier bei Ihnen? Wir haben festgestellt, dass Sie oft sehr lange mit Maria telefoniert haben.«

Das kurze Zucken auf Dr. Grüns Stirn blieb Humboldt nicht verborgen. »Maria war im Februar bei uns. Wir haben bei ihr eine Brustaugmentation vorgenommen. Ich habe sie persönlich operiert. Es war ein wirklich gelungener Eingriff.«

Humboldt verkniff sich die Nachfrage, ob eine Augmentation eine Vergrößerung sei. Schließlich hatte Richter es ja schon erwähnt. »Gab es später Probleme? Sie haben in den darauffolgenden Monaten auch ab und an mit ihr telefoniert.«

Dr. Grüns Stirnfalte wurde immer tiefer. »Ja, Maria war sehr ängstlich. Der Tapeverband zur Buststabilisierung sollte nach etwa fünf Tagen ab. Sie wollte ihn nicht selbst ablösen, und da sie ja allein lebte, hatte ich ihr Unterstützung angeboten.«

»Wie sah die aus? Konnte sie nach fünf Tagen schon allein Auto fahren?«

»Nein, natürlich nicht! Ich habe den Tapewechsel in ihrer Wohnung vorgenommen.«

»Wieso Wechsel? Ich denke, der soll nach fünf Tagen ab?«, fragte Humboldt nach.

»Ich sagte ja, Maria war sehr ängstlich. Sie fühlte sich einfach sicherer mit der Stütze.«

»Aber später ist sie dann wieder hier in die Klinik zum Wechsel gekommen?«

Dr. Grün schüttelte leicht den Kopf.

Humboldt war etwas irritiert. Er hatte sich nach der Erzählung von Richters Assistentin ein völlig anderes Bild von Maria gemacht. Ängstlichkeit kam in der Personenbeschreibung nicht vor. Er machte sich Notizen, damit er der Sache nachgehen konnte. Humboldt fiel noch etwas anderes ein. »Was fahren Sie eigentlich für ein Auto, Herr Dr. Grün?«

»Einen Boxster. Porsche. Warum?«

»Routinefrage.« Humboldt stand abwinkend auf. Natürlich – Porsche! Wie konnte er da fragen. »Haben Sie noch einen Zweitwagen? Oder auch mehrere?«

»Klar! Im Winter komme ich hier mit dem Porsche nicht weit. Hier liegt regelmäßig Schnee, und irgendwie muss ich aus dem Müglitztal ja hochkommen. Mit einem Jeep Cherokee geht das.«

Humboldt verabschiedete sich von Dr. Grün mit dem Hinweis, ihn bei eventuellen Rückfragen wieder behelligen zu müssen. Nicht mehr ganz so hilfsbereit willigte Dr. Grün ein.

Lara König war im Vorzimmer noch in reger Unterhaltung mit Nina Zander. Sie schraken regelrecht auf, als die beiden Herren durch die Tür traten. Die Verabschiedung fiel dagegen recht kühl aus, so als wären sie ertappt worden. Humboldt war schon sehr gespannt, ob Lara König Neuigkeiten für ihn hatte oder ob die beiden Frauen sich nur in Sachen Schönheitskorrekturen ausgetauscht hatten.

Samstag, 5. Oktober, abends

Christin saß im Bademantel eingekuschelt auf dem Teppich in ihrer Wohnung. Die nassen Haare hingen ihr lang über den Rücken. Vor ihr lagen einige Notizzettel scheinbar wahllos ausgebreitet. Immer wieder machte sie sich neue Zettel und legte sie dann ab. Sie hatte sich zwei Spalten geschaffen. Die linke Seite betraf den Pornoring in Tschechien, die rechte Maria.

Bei ihrem Gespräch im Auto hatte Thomas noch einmal bestätigt, dass der Chef der Pornobande, Czagek, am Dienstag auftauchen und mindestens zwei Tage bleiben sollte. Sie hatten sich über die weitere Vorgehensweise fast gestritten, aber letztendlich doch eine Lösung gefunden.

Am Dienstagmorgen würde Christin zu ihrem Chef gehen und ihm die Story präsentieren. Bis dahin hatte sie jede Menge zu tun. Sämtliche Bilder mussten sondiert werden, und ein knackiger Text musste her. Sie hatte bereits vorgearbeitet, aber sie kannte auch ihren Perfektionismus. Wenn es in ihren Augen nicht gut war, würde sie so lange daran arbeiten, bis es ihrem Anspruch genügte.

Sie sah schon das Gesicht ihres Chefs vor sich. Er war nie begeistert, wenn es darum ging, eine geplante Ausgabe für den kommenden Tag umzuschmeißen. Aber diesmal musste es sein. Schließlich hatten sie nicht umsonst die ganzen Wochen im Verborgenen gearbeitet und recherchiert. Der Plan war, dass ihr Chef zur Polizei gehen sollte. Und dann konnten sie nur hoffen, dass alles ganz schnell gehen würde. So hatte sie es schon einige Male erlebt. Welches Sonderkommando auch immer zuständig wäre, Hauptsache, sie kämen rechtzeitig und kassierten Czagek ein.

Christin hatte Thomas noch mal gebeten, auf die Mädchen aufzupassen, besonders auf Monique. Thomas hatte nur den Kopf geschüttelt. Da war fast nichts möglich. Da er zu seinem Glück am Dienstag nicht als Kameramann eingesetzt wurde, sondern für das Equipment zuständig war, kam er nur wenig mit den

Mädchen in Berührung. Es wurden immer nur die Frauen, die wirklich benötigt wurden, zum Dreh geholt und im Anschluss sofort wieder hinter Schloss und Riegel gebracht. Lange hielt er die Situation sowieso nicht mehr aus. Schließlich vegetierten einige von den Mädels jetzt schon Monate in den abgedunkelten Räumen. Die, die sie nicht mehr brauchten, die ohnehin am Ende waren, ließen sie auf einem Straßenstrich in der Nähe des jeweiligen Standortes zurück und zogen weiter. Wer glaubte schon einer durchgeknallten Prostituierten? Und wenn doch, dann waren sie bereits weit weg und nicht mehr auffindbar. Schließlich hatte ihnen auch keiner der Kollegen geglaubt. Ihr Chef hatte bereits nach der ersten Recherche darauf bestanden, zur Polizei zu gehen und mit ihnen zusammenzuarbeiten. Damals verfügten sie über keinerlei Bilder oder Beweise. Jetzt sah das alles anders aus. Anhand dieses Materials konnten vielleicht sogar die Drahtzieher gefasst werden. Aber vor allem mussten die Mädchen befreit werden. Und zwar schnell.

Christin sah sich die Notizen auf der anderen Seite an. Die Story zu Marias Tod war schon im Druck und sollte in der morgigen Ausgabe erscheinen. Trotzdem wollte sie weiter an der Geschichte dranbleiben. Ein Gefühl sagte ihr, dass da mehr dahintersteckte. Bei ihrer heutigen Recherche im Umfeld Marias war ihr vor allem eines aufgefallen: Niemand wusste, wo sie sich in den letzten Wochen aufgehalten hatte. Besonders einen Menschen konnte sie nicht fragen: Oskar Stanislaus. Laut ihren Recherchen war er in der Vergangenheit oft mit Maria gesehen worden. Das sagten zumindest diverse Barkeeper in der Dresdner Neustadt. Hatte dieser Stanislaus etwas damit zu tun?

Christin starrte auf die Notizen von Thomas. Auf einer Seite standen noch viele Namen wahllos untereinandergeschrieben. Sie forschte im Internet nach den Hintergründen dieser Menschen und arbeitete sich so durch die Verantwortlichen oder Mitläufer der Pornoszene. Ihr Rücken schmerzte. Sie wollte gerade aufstehen, um sich einen Tee zu machen, als ihr Blick am letzten Namen hängen blieb: Oskar Stanislaus.

Alle Augen schauten gebannt auf Humboldts Finger. Dieser versuchte gerade, die Zettel und Bilder auf der Pinnwand neu zu ordnen.

»Also, über Marias Freunde und Bekannte erfahren wir hoffentlich noch etwas im Laufe des Abends. Vierhaus hat auf meiner Mailbox hinterlassen, dass er auf dem Weg zu uns ist.« Er verkniff sich zu erwähnen, dass Marc Vierhaus schon wieder leicht sächselte. »Okay.« Humboldt wandte sich an Stein. »Lara hat interessante Sachen von Frau Zander erzählt bekommen. Bin gespannt, was du von diesem Schönheitsdoktor hältst.« Er nickte ihr zu.

»Tja, der hat es faustdick hinter den Ohren, würde ich sagen. Oder auch sonst wo. Der werte Herr Doktor hatte schon mal eine Anzeige wegen sexueller Belästigung am Hals. Die wurde allerdings zurückgezogen. Warum, wusste Nina, also Frau Zander, nicht.«

Humboldt war nicht entgangen, dass die beiden jungen Frauen sich sehr gut verstanden. Das konnte nur von Vorteil sein. Wer wusste, was sie noch an Informationen benötigen würden?

»Auch sonst scheint er hinter jedem Rockzipfel her zu sein. Da sind schon einige Tränen bei den Schwestern geflossen, wenn der Schwerenöter sich dann einer anderen Dame zugewandt hat. Also echt unsympathisch.« Lara König verzog angewidert das Gesicht und fügte verwundert hinzu: »Obwohl, wenn man ihn so sieht, macht er wirklich einen netten Eindruck.«

»Na ja, Sie sind ja auch eine Frau«, warf Stein ein.

Leicht säuerlich hob Lara König das Kinn. »Das war es eigentlich schon, was ich von ihr erfahren habe.« Sie schaute zu Humboldt.

»Bleibt noch zu erwähnen, dass Dr. Grün mehrmals privat bei Maria ein und aus gegangen ist. Angeblich, um den Verband nach der Brustoperation zu wechseln. Irgendwie habe ich es ihm nicht wirklich geglaubt«, sagte Humboldt.

Stein nickte nachdenklich. »Tja, das könnte stimmen oder auch nicht. Es klingt aber danach, als ob wir ihn auf alle Fälle genauer unter die Lupe nehmen sollten. Vielleicht kann uns die Nachbarin mehr erzählen?«

»Er ist jedenfalls nicht der Audi-Fahrer, falls du das meinst. Der hat ganz andere Schlitten. Keiner unter fünfzigtausend. So ein Audi ist für einen Schönheitsdoktor wie ihn wohl kein adäquates Spielzeug«, sagte Humboldt.

»Warum hat ihn dann die Nachbarin nicht erwähnt?«, fragte Lara König.

»Wahrscheinlich ist er ein ganz cleverer Liebhaber. Der lässt sich nicht in die Suppe spucken. Was für die These spricht, dass er nicht nur Verbände gewechselt hat.« Stein zeigte auf die leere Stelle der Verdächtigen. »Ich würde sagen, dort gehört der Herr Doktor eindeutig hin. Ich schau mal, was ich über sein bisheriges Leben in Erfahrung bringe. Bei der Sitte wird leider erst wieder am Montagmorgen jemand sein. Ist er eigentlich verheiratet? Hat er Kinder?«

Humboldt, der noch immer an der Pinnwand stand, zuckte die Achseln. »Das findest du sicher raus.« Er lächelte Stein an und schrieb in großen Druckbuchstaben den Namen Dr. Maximilian Grün rechts neben Marias Foto. Die drei Schönheitskliniken hatte er zuvor weggewischt und den Punkt »Verdächtige« aufgenommen. Blieb abzuwarten, ob Marc Vierhaus noch mit Erkenntnissen aufwarten konnte. Immerhin hatten sie jetzt einen ersten Verdächtigen, und die Ermittlung kam in Schwung.

Ebenfalls mit viel Schwung betrat Marc Vierhaus den Besprechungsraum. Gut gelaunt setzte er sich auf einen der freien Stühle und grüßte in die Runde. Stein nahm es stirnrunzelnd zur Kenntnis, die beiden anderen schienen eher amüsiert.

»Na, Kollege Vierhaus, war die Ermittlung im Kneipenviertel erfolgreich?« Lara König grinste ihn ungeniert an.

»Nu, es war ehrlisch gesagt sogar sehr gudd«, strahlte Marc Vierhaus zurück.

Na, das konnte ja heiter werden, dachte Humboldt. Er mochte das Dresdnerisch sehr, aber Marc Vierhaus war ihm in Hochdeutsch lieber, weil dann weniger Alkohol im Spiel war. »Haben Sie Freunde von der Toten getroffen?«

Stein schaute noch immer völlig irritiert.

»Un ob! Da warn jede Menge. Und ni nur Freunde, das sag ich euch.« Marc Vierhaus nahm einen zerknitterten Zettel aus seiner Jackentasche und versuchte ihn mit den Händen glatt zu streichen. »Isch hab 'n paar Kolleginnen quasi getroffen. Alles It-Girls, die auf den gleischen Partys warn wie Maria. Aber was die so von sisch gegebn ham, erspar ich euch.« Er studierte sein Geschreibsel. »Viel interessanter warn die, die die Maria nich so dolle fandn. Oder die, die sie benutzt ham. Wie dieser Stanislaus.«

Bei dem Namen Stanislaus spitzte Humboldt die Ohren. Diesen Herrn kannte er ja zur Genüge. Was hatte der denn mit Maria zu tun? Und das fragte er Marc Vierhaus auch.

»Nu ja, isch globe, die Maria war ni immer clean und och ni wirklisch abgeneigt, den eenen oder andern Mann zu probiern. Wenn ihr versteht.« Süffisant schaute er in die Runde.

Stein, der sich langsam von seinem Schock zu erholen schien, stellte fest: »Vierhaus, Sie sind betrunken.«

»Nee, woher denn. Isch vertrag schonn einiges.«

Auch Humboldt hatte das Gefühl, dass es gut wäre, das Ganze schnellstmöglich zu beenden. »Gibt es was Konkretes zu diesem Stanislaus zu sagen?«

»Hm …« Marc Vierhaus studierte sein Knüllpapier. »Ach hier! Also der Stanislaus wollte Maria immer zu Modeaufnahmen überreden. Aber da die Maria den Stanislaus ja kannte, hatte sie ihm wohl nich geglobt. Trotzdem hingn die viel zusammen. Das hat mir der eene Barkeeper von so 'nem Nobelschuppen erzählt. Da kommste eigendlisch nur mit persönlischer Einladung rein. Oder ebn mit 'nem bestimmtn Ausweis.« Mit schiefem Grinsen wedelte er mit seiner Polizeimarke rum.

Stein ließ sich nicht weiter beeinträchtigen. »Ziemlich schwach, oder? Gab es sonst keinen Anhaltspunkt? Nichts, was zur Aufklärung des Falls beitragen würde? Haben Sie denn aus dem Stanislaus nichts weiter rausbekommen?« Er gab sich Mühe, nicht zu abfällig zu klingen.

»Der war doch gar ni da. Die Barkeeper wundern sisch och schonn alle, warum der so lange ni offgetaucht ist.«

Stein blies die Backen auf. »Hm, macht ihn das verdächtig?« Unschlüssig schien er die Sache abzuwägen.

»Ich denke, es ist besser, wenn uns der Kollege Vierhaus morgen weiter berichtet«, mischte sich Humboldt ein.

Marc Vierhaus schien das auch zu finden, denn er erhob sich ruckartig und verließ ohne einen Abschiedsgruß den Raum.

»Was war denn das?«, fragte Stein und schaute verständnislos zu Humboldt.

Lara König, die erstaunlich lange geschwiegen hatte, klang peinlich berührt: »So ist das immer, wenn er was trinkt. Von wegen, er verträgt viel. Nach zwei Bier fängt er an zu lallen. Oder er lässt dann endlich mal raus, wo er herkommt. Nur dass es dann eben furchtbar klingt. Mit besoffenem Kopp.«

Alle schwiegen betreten. Humboldt räusperte sich als Erster. »Ich würde sagen, solange wir nichts Gegenteiliges haben, setzen wir Stanislaus mit auf die Seite der Verdächtigen. Frank, kannst du ihn morgen vorladen? Ich weiß, es ist Sonntag, aber wenn wir arbeiten, kann er auch hier erscheinen, falls wir ihn überhaupt ausfindig machen.« Dass es ihm auch persönlich wichtig war, dass Stanislaus auftauchte, verschwieg Humboldt. Es brauchte niemand von der Sache mit seiner Schwester zu erfahren. Auch Frank nicht. Vorerst jedenfalls.

»Wir werden sehen. Aber klar, ich kümmer mich darum«, antwortete Stein. »Übrigens hat die Befragung von Amelie Legrand in Sachen Maria nicht so viel ergeben. Die kannte sie nämlich nicht. Aber ihre vermisste Freundin und Mitbewohnerin Asha Rebello ist ebenfalls schon seit ein paar Wochen spurlos verschwunden. Das ist nur erst jetzt rausgekommen. Sie hatte erzählt, sie würde zu ihren Eltern nach Indien reisen. Auf Nachfrage bei den Eltern hatte sie erfahren, dass diese glaubten, sie verbringe die Ferien mit Freunden in Deutschland.« Missbilligend schüttelte Stein den Kopf. »Wär jetzt interessant zu wissen, was die Maria ihren Freunden und Bekannten erzählt hat. Na ja, vielleicht erfahren wir das morgen, wenn der Herr Kollege wieder nüchtern ist.«

Lara König kaute nachdenklich auf ihrem Stift. »Selbst wenn

unsere Tote ihre Freunde auch belogen hat, wissen wir immer noch nicht, wo sie sich aufgehalten haben könnte.«

»Eine Sache könnte noch wichtig sein. Asha hat ihren Eltern eine beträchtliche Summe geschickt. Laut Amelies Aussage war sie aber immer knapp bei Kasse und hat ihr Studium mit kleinen Jobs finanziert. Also woher kommt das Geld?«

»Wissen wir, um wie viel Geld es sich handelt?«, fragte Humboldt nach.

»Ich habe die Telefonnummer von Ashas Eltern. Mache ich dann auch morgen.« Müde rieb sich Stein mit den Händen über das Gesicht.

Auch Humboldt spürte die Erschöpfung allmählich in seinen Knochen. »Machen wir Schluss für heute.«

»Chef, ich komm morgen erst gegen Mittag. Ist das in Ordnung?«, fragte Lara König.

Humboldt hatte das Gefühl, dass es ihr damit wichtig war. Vielleicht würde es ihm guttun, mit Frank allein die Fakten zusammenzutragen. Er hatte eine leise Vorahnung, dass auch Marc Vierhaus nicht unbedingt pünktlich erscheinen würde.

Stein nickte Humboldt wissend zu. »Bis morgen, Charlie«, sagte er grinsend und verließ fluchtartig den Raum. Der Kugelschreiber, den ihm Humboldt hinterherwarf, traf nur noch den Türrahmen.

Samstag, 5. Oktober, nachts

Amelie hatte gewartet, bis Babette sich endlich in ihr Zimmer verzogen hatte. Sie legte Schlüssel, Taschenlampe und Handy zurecht und versuchte, die Unruhe, die sich in ihr breitmachte, zu verdrängen. Sie fühlte ein Kribbeln im Bauch. Noch nie war sie irgendwo eingebrochen. Sollte sie es wirklich tun? Aber dann dachte sie wieder an Asha und daran, dass niemand wusste, wo sie sich aufhielt. Sie musste der Sache nachgehen.

Sie malte Kreise auf ihren Schreibblock. Sie schrieb »Asha« und »Klinik« und machte ein dickes Fragezeichen dahinter. Dann umkreiste sie das Ganze bis zur Unkenntlichkeit wieder.

Noch immer hörte sie Geräusche aus Babettes Zimmer. Amelie war hundemüde und gleichzeitig aufgekratzt. Sie musste an die Geschichten ihres Großvaters denken. Genauso fühlte sie sich jetzt. Wie das kleine Mädchen auf Abenteuerfahrt. Nur wusste sie nicht, ob die Geschichte diesmal auch gut enden würde. Wenn sie Glück hatte, waren heute keine Patienten über Nacht in der Klinik. Dann wäre auch der Empfang nicht besetzt.

Babette schien endlich zu schlafen. Jedenfalls hörte Amelie nichts mehr von ihr. Sie nahm die Dinge vom Tisch und öffnete vorsichtig ihre Zimmertür. Ohne das Licht anzumachen, drückte sie behutsam die Klinke der Wohnungstür und verschwand im dunklen Hausflur.

Als Amelie eine halbe Stunde später ihr Fahrrad an einem Baum neben dem Wiesinger Sportinstitut abstellte, bereute sie, nicht mit der Straßenbahn gekommen zu sein. Sie pustete warme Luft in ihre steif gefrorenen Hände. Als sie die Finger wieder halbwegs bewegen konnte, lugte sie vorsichtig hinter dem Baum hervor und sah zu ihrer Erleichterung, dass der Eingangsbereich des Instituts dunkel war.

Vorsichtig schlich sie auf den Eingang zu. Durch die Glastür konnte sie erkennen, dass auch im hinteren Bereich kein Licht brannte. Sie wusste, dass Dr. Wiesinger im obersten Stockwerk wohnte. Entweder war er nicht zu Hause oder er schlief schon.

Amelie zog ihren Schlüssel aus der Tasche und hoffte inständig, dass nachts keine Alarmanlage aktiviert war. Alles blieb ruhig. Sie fischte die kleine Taschenlampe aus ihrer Jacke und leuchtete zum Empfangstresen. Dahinter lag das Büro. Unsicher machte sie sich auf den Weg. Das Herz klopfte ihr bis zum Hals. Was sollte sie machen, wenn hier plötzlich jemand auftauchen würde? Amelie ermahnte sich zur Ruhe. Sie durchsuchte die Ablagefächer und zog an sämtlichen Schubladen. Alle waren verriegelt. Die Papiere in den Fächern waren lediglich Vordrucke. Laufzettel, allgemeine Trainingshinweise, Entspannungstipps. Was hatte sie erwartet? Die lagen immer dort.

Leise drückte sie die Klinke des Büros herunter. Auch die war abgeschlossen, und einen Schlüssel hatte sie nicht. Enttäuscht schaute sich Amelie um. Es war eine Schnapsidee gewesen, hierherzukommen. Hatte sie wirklich geglaubt, hier würden Patientenakten einfach so herumliegen? Unschlüssig stand sie im Dunkeln und überlegte, ob es noch eine andere Möglichkeit gab, an die Informationen zu kommen. Ihr Blick glitt durch die Halle hinüber zu den privaten Arbeitsräumen von Dr. Wiesinger. War dort nicht ein Lichtschimmer? Ganz schwach, als ob die Tür nur angelehnt wäre.

Erschrocken hockte sich Amelie hinter den Tresen. Sie war nicht allein hier. Warum war ihr das vorhin nicht aufgefallen? Was, wenn Dr. Wiesinger jetzt zur Tür raus- und auf sie zukommen würde?

Fieberhaft überlegte sie, wie sie ungesehen den Ausgang erreichen könnte. Dieses Abenteuer war eindeutig zu aufregend für sie. Starr vor Schreck saß sie noch eine Weile auf dem Boden. Warum war sie denn nicht vorher um das Gebäude gelaufen? An diese Räume hatte sie gar nicht mehr gedacht. Vielleicht, weil sie die noch nie betreten hatte. Auch keine ihrer Kolleginnen war je dort drin gewesen. Dr. Wiesinger machte immer ein großes Geheimnis darum.

Allmählich löste sich die Anspannung, und ihr Gehirn funktionierte wieder. Sie war beim Reinkommen unentdeckt geblieben, also würde es auch keiner merken, wenn sie rausging. Amelie nahm allen Mut zusammen und stand langsam wieder auf. Auf Zehenspitzen näherte sie sich dem Ausgang und damit auch der angelehnten Tür, hinter der sie Dr. Wiesinger vermutete.

Kurz vor ihrem Ziel blieb sie stehen. Die Neugierde gewann wieder Oberhand. Vielleicht konnte sie durch den kleinen Türspalt etwas erspähen? Lautlos schlich sie auf die Tür zu. Die Klappe, durch die sie mit Wiesinger Kontakt aufnehmen konnten, war bereits zu erahnen. Durch die kleine Lücke zwischen Tür und Türrahmen war fast nichts zu erkennen. Mit pochendem Herzen drückte sie die Tür noch ein kleines Stück weiter auf. Das Licht blendete ihre Augen, die sich nach der Dunkelheit erst wieder daran gewöhnen mussten. Sie versuchte, Einzelheiten zu erkennen. Es sah aus wie in einem Labor. Auf der gegenüberliegenden Seite befand sich eine lange Schrankreihe mit mehreren Gerätschaften. In der Mitte stand ein Tisch, auf dem einige Papiere ausgebreitet lagen. Darunter erkannte sie einen Schredder, der schon überquoll. Was hatte das zu bedeuten? Es gab doch ein Labor auf der anderen Seite des Gebäudes. Wozu brauchte Dr. Wiesinger hier noch eines?

Da Amelie niemanden sehen konnte, wurde sie mutiger und schob die Tür weiter auf. Sie erschrak heftig, als sich eine riesige Pflanze in ihr Blickfeld schob. Kaum hatte sie sich beruhigt, musste sie erneut in Deckung gehen. Sie sah, wie eine Person im Vorbeigehen weitere Papiere auf den Tisch warf. Amelie wagte kaum zu atmen, aber anscheinend hatte sie niemand entdeckt. Es war nicht Dr. Wiesinger, den sie dort gesehen hatte. Aber wer war es dann?

Unschlüssig blieb sie stehen. Sie beugte sich wieder vor und versuchte, mehr zu erkennen. Die Person stand ihr mit dem Rücken zugewandt. Sie trug eine Schürze und ein Kopftuch. Erleichterung machte sich in Amelie breit. Dort stand die Putzfrau, die immer nachts herkam. Sie hatte sich schon immer gewundert, warum hier nachts geputzt wurde. Manchmal ging die Reinigungskraft sogar erst am Morgen nach Hause. Was konnte hier so viel Schmutz verursachen?

Amelies Gedanken kreisten. Was machte die Putzfrau bloß in Wiesingers Arbeitsräumen? War sie vielleicht illegal hier eingedrungen? Sie konnte es sich nicht anders erklären. Vielleicht ging es um Spionage. Aber wer sollte hier etwas ausspionieren? Und was? Das machte irgendwie keinen Sinn.

Amelie verlagerte ihr Gewicht nach hinten, damit der vordere Fuß etwas entlastet wurde. Die starre Haltung war langsam unbequem. Dabei stieß sie versehentlich an die Tür, die sich weiter öffnete. Die Putzfrau drehte sich erschrocken um.

Auch Amelie zuckte zusammen. Was sollte sie tun? Ihr blieb nur die Offensive. Sie konnte ja so tun, als ob sie etwas vergessen hätte. »Was machen Sie hier?«, hörte sie sich selbst fragen.

Mit schnellen Schritten kam die Frau auf sie zu und schrie sie an: »Das frage ich Sie! Was tun Sie hier?« Sie zog Amelie energisch in das Zimmer und knallte die Tür hinter ihr zu.

Amelie bekam es mit der Angst zu tun. »Ich habe meinen Studentenausweis hier vergessen«, log sie. Ihre Stimme klang brüchig.

»Sie haben hier nichts zu suchen!« Die Frau schaute sich panisch um, als überlegte sie, was sie jetzt machen sollte.

Amelie riss sich los und lief zur Tür. Die Frau packte sie an ihrer Jacke und hielt sie zurück. Sie versuchte, sich loszumachen, aber die Frau krallte ihre Finger in Amelies Arm, dass es schmerzte. Hektisch blickte sich die Frau im Raum um, auf der Suche nach etwas. Für einen Moment ließ sie von Amelie ab und griff auf den Tisch.

Amelie taumelte rückwärts gegen die Pflanze neben der Tür und stolperte. Als sie sich wieder aufrappeln wollte, spürte sie einen heftigen Schmerz. Und dann noch einen. Zuerst am Arm und dann am Kopf. Sie fiel zu Boden und merkte, wie ihr Blut über das Gesicht lief. Sie versuchte, den Schmerz zu überwinden, konnte aber kaum noch atmen. Sie blickte in die weit aufgerissenen Augen ihrer Angreiferin, die mit einem Telefon am Ohr vor ihr stand. Amelie verlor allmählich das

Bewusstsein. Sie hörte angsterfüllte Wortfetzen: »… liegt hier … was soll ich machen … ja, ja, schon gut … kann ich aber nicht allein … okay, ich warte.«

Dann wurde es dunkel.

Sonntag, 6. Oktober, morgens

Wie in früheren Zeiten, dachte Humboldt. Seit ein paar Minuten saßen er und Stein im Besprechungsraum und unterhielten sich. Privat.

Stein hoffte, dass sie den Fall schnell aufklären würden. Einerseits natürlich aus Ermittlersicht, aber andererseits als Familienvater. Bald waren Herbstferien, und er hatte mit der ganzen Familie einen Urlaub gebucht. Sie hatten sich im Reisebüro ein Häuschen auf Madeira angeschaut und es direkt gemietet. Für knapp zwei Wochen. Da der Sommerurlaub schon ausgefallen war, wollten sie wenigstens den Herbst im Warmen verbringen. Urlaubsreif waren sie allemal. Seine beiden Söhne gingen aufs Gymnasium, und der Druck, den seine Kinder dort verspürten, schien Stein ungleich höher zu sein als zu seiner Schulzeit. Seine Frau arbeitete in der Notfallambulanz im Städtischen Krankenhaus Dresden-Neustadt in der Kinderklinik. Was sie dort manchmal zu sehen bekam, ging ihr oft an die Nieren.

Geschickt hatte Humboldt alle Fragen zu seinem Privatleben umschifft. Was sollte er darauf antworten? In den letzten beiden Jahren hatte sich nichts verändert. Er ergab sich seinem Schicksal und stürzte sich in Arbeit. Alle Beteuerungen, dass es ihm gut gehe und alles in Ordnung sei, nützten nichts. Er konnte Stein nichts vormachen. Humboldt gestand, dass er zurzeit keine Idee hatte, wie er die Situation verändern könnte.

»Vielleicht solltest du mal wieder mit deiner Familie sprechen? Sie besuchen?« Stein machte sich ernsthafte Sorgen. »Familie ist wichtig, Charlie. Auch wenn man sich nicht immer gut versteht, aber letztendlich würde auch eure Familie zusammenhalten. Du musst es nur zulassen.«

Humboldt nickte nachdenklich. Wenn sie unter sich waren, war es für ihn okay, wenn Stein ihn bei seinem angedichteten Vornamen nannte. Sollte er ihn einweihen in die Geschichte mit Monique? Humboldt war auf einmal furchtbar erschöpft. Er hatte am gestrigen Abend noch einige Male versucht, Christin Weißenburg zu erreichen. Die vierundzwanzig Stunden Schonfrist waren schon längst vorbei. Aber sie ging nicht an ihr Handy. Als er es später nochmals probierte, war es ausgestellt, sodass er annahm, sie hatte genau gesehen, dass er der Anrufer war.

»Tja, mit meiner Familie ist es etwas problematischer als mit deiner. Das weißt du doch.« Bei Stein war wirklich alles noch, wie es in Familien sein sollte. Seine Eltern wohnten immer noch in seinem Heimatdorf in der Oberlausitz, und er besuchte sie oft mit seiner Familie. Dann gab es Kaffee und Kuchen, und die Kinder tobten im Garten herum. Friede, Freude, Eierkuchen. Humboldt spürte einen leichten Stich. So war es bei ihnen nie gewesen. Seine flippige Mutter, die in der Vergangenheit lebte, sein Vater, der sich in sein Schicksal fügte und den ruhigen Part übernommen hatte. Und nicht zuletzt seine quirlige Schwester mit ihren spleenigen Ideen. Er hatte nie das Gefühl, seinen Platz zwischen diesen Extremen gefunden zu haben. Erst als er seine Frau kennengelernt hatte, wurde er innerlich ruhiger. Aber das hatte er ja nun auch gründlich vermasselt. Er wusste nicht, was sie ihm übler genommen hatte. Dass sie keine Kinder bekommen konnte oder dass er sich immer mehr hinter seiner Arbeit versteckt hatte. Manchmal glaubte er, dass sie ihn für ihre Kinderlosigkeit verantwortlich gemacht hatte.

Humboldt rieb sich mit den Händen über das Gesicht. Nein, er hatte jetzt keine Kraft, Stein die Geschichte mit Monique zu erzählen. Vielleicht morgen. »Ja, du hast recht. Wenn das Ganze hier vorbei ist, fahr ich mal wieder hin. Versprochen!« Humboldt sah ihm fest in die Augen. »Wollen wir?«

Stein schien skeptisch zu sein, aber er nickte. »Okay, legen wir los.«

Barbara Grün stand in der Auffahrt ihrer Villa in Dresden-Wachwitz. Sie hatte ihre kleine Tochter Leni auf dem Arm und drückte sie fest an sich. Fast zu fest. Ihr Mann, Dr. Maximilian Grün, war heute Morgen zu einem Kongress nach Berlin aufgebrochen. Eigentlich sollte es sie traurig stimmen, dass er den seltenen freien Sonntag lieber in einem Hotelzimmer in Berlin verbrachte als mit seiner Familie. Aber sie war nicht traurig. Im Gegenteil, so konnte sie ungestört ihre verwirrten Gedanken sortieren und auf eine schnelle Eingebung hoffen.

Anfänglich hatte sie gedacht, sie hätte alle Zeit der Welt und könnte in Ruhe planen. Aber jetzt hatte sich die Situation schlagartig geändert. Sie musste schnell handeln. Es kam erschwerend hinzu, dass ausgerechnet heute ihre Schwiegermutter zu Besuch kommen wollte. Sie konnte es nicht verhindern. Elisabeth war eine sehr dominante Frau, die alles an sich riss, egal, wo sie war. Vor ihr hatte sie sowieso keinen Respekt. Immer wieder betonte sie, dass sie es nicht verstehen konnte, dass eine Frau heutzutage nicht arbeiten ging. Sie sah nicht ein, warum ihr geliebter Sohn allein für das Wohlergehen der Familie aufkommen sollte.

Barbara stöhnte verächtlich. Elisabeth hatte doch keine Ahnung. Von wegen harmonisches Familienleben. Maximilian hatte sich schon längst von ihr abgewandt. Seine ständigen Liebschaften blieben auch Barbara nicht verborgen. Und das ging nun schon seit Jahren so. Überhaupt war ihr Leben, seitdem sie Maximilian kennengelernt hatte, eine einzige Talfahrt. Sie waren sich beim Medizinstudium begegnet. Mit ihren damaligen Kommilitonen hatten sie unglaublich viel Spaß. Und natürlich stand Maximilian im Mittelpunkt. Wenn er seine Anekdoten zum Besten gab, hingen die Mädchen förmlich an seinen Lippen. Seinem Charme und seiner sprühenden Energie waren viele Studentinnen erlegen. Umso verwunderter war Barbara damals, dass er sich ausgerechnet für sie interessierte. Sie hielt sich immer für durchschnittlich. Sie hatte langes braunes Haar, eine normal sportliche Figur und einen etwas zu klein geratenen Busen. Und genau den änderte Maximilian kurz nach ihrer Hochzeit. Sie hatte für ihn das Studium unterbrochen, um ihn in den schweren Prüfungszeiten und den noch schwereren Assistenzarztzeiten zu unterstützen. Irgendwann würde sie einfach wieder dort einsetzen, wo sie aufgehört hatte, dachte sie. Aber dann folgten weitere anstrengende Zeiten, als er mit einem befreundeten Kollegen die Schönheitsklinik im Müglitztal aufzubauen begann.

Eine seiner ersten Patientinnen war Barbara. Sie hatte sich überreden lassen, ihren Busen etwas zu vergrößern. Immer wieder lag ihr Maximilian in den Ohren, wie wichtig es war, dass er als erfolgreicher Schönheitschirurg eine präsentable Frau an seiner Seite hatte. Und da sie bisher noch nicht alle Blicke auf sich ziehen konnte, wollte er doch wenigstens an ihrem Dekolleté arbeiten. Barbara hatte nach der Operation noch ein paar Wochen mit Entzündungen zu tun, aber dann schien alles gut zu sein. Nur dass sie sich nicht wirklich mit der neuen BH-Größe anfreunden konnte. Sie hatte sich vorher wohler gefühlt. Als dann die Schmerzen in der linken Brust begannen, wurde sie immer unglücklicher. Anfangs hatte Maximilian sie noch untersucht, fand aber nichts Ungewöhnliches. Die Implantate saßen richtig, und die Narben waren gut verheilt. Doch die Schmerzen blieben, und Maximilian unterstellte ihr irgendwann, dass sie sich nur wichtigmachen wollte. Er schlug ihr vor, ein Hobby zu suchen. Was Hausfrauen eben so tun. Ihr Studium sollte sie natürlich nicht wieder aufnehmen. Sobald sie das zur Sprache brachte, wurde er zornig, und irgendwann fing Maximilian sogar an, sie zu schlagen. Zu Empfängen, bei denen Barbara sonst die glückliche und vollbusige Ehefrau spielte, nahm er immer öfter Assistenzärztinnen oder engagierte Krankenschwestern mit. Sie fiel in ein Loch, aus dem sie kaum noch rauskommen konnte. Die schöne Villa war ihr Gefängnis.

Eines Tages öffnete sie sich endlich ihrer Freundin Tanja, die zwar tröstende Worte, jedoch keine Lösung fand. Was sollte sie arbeiten? Und wie konnte sie überhaupt für sich selbst sorgen? Ohne Ausbildung! Jeden Cent musste sie sich von Maximilian erbetteln, sie sah keinen Weg, etwas davon abzuzweigen. Tanja brachte sie auf eine andere Idee. Vielleicht konnten sie sich wieder annähern, wenn sie ein Kind bekämen. Sie hatten in früheren Zeiten darüber gesprochen, und Maximilian war nicht abgeneigt. Barbara war so beseelt von der Idee, dass sie glaubte, alles könnte wieder gut werden. Sie sehnte sich nach einer Aufgabe im Leben, nach einem Kind.

Aber natürlich kam alles anders. Als sie Maximilian von ihrer

Schwangerschaft erzählte, war dieser sehr zurückhaltend. Auch als Leni dann zur Welt kam, blieb er distanziert. Sie dachte, das sei normal, da Väter mit Babys häufig nicht viel anfangen konnten. Aber Leni wurde älter, und sein Verhältnis zu ihr änderte sich nicht. Irgendwann fing er auch wieder an, Barbara zu schlagen und sich an ihr zu vergehen. Spätestens da wurde ihr klar, dass sie etwas ändern musste. Sie musste ihre Tochter vor diesem Vater schützen. Als er eines Nachts wieder spät nach Hause kam und sie erneut vergewaltigten wollte, wehrte sie sich das erste Mal. Es kam zu einer Rangelei. Barbara hatte nichts mehr zu verlieren. Sie schrie ihn an, drohte ihm mit der Polizei, trat um sich und hörte erst auf, als sie Lenis Weinen vernahm. Maximilian schien völlig irritiert, hatte die letzten Tritte sogar über sich ergehen lassen. Als Barbara wieder zurück ins Schlafzimmer kam, nahm sie ihre Sachen und schlief im Gästezimmer. Seitdem gingen sie sich aus dem Weg. Barbara schaffte für sich und Leni einen Rückzugsort im Haus. Der Umzug in andere Räumlichkeiten verschaffte ihr Ruhe vor Maximilian. Er unternahm keine Annäherungen mehr. Sie konnte nicht glauben, dass ihre Drohungen der Auslöser dafür waren. Hätte sie sich schon viel früher zur Wehr setzen sollen? Warum hatte sie sich so lange unterworfen?

Ein Motorengeräusch ließ Barbara aus ihren Gedanken schrecken. Sie wappnete sich innerlich für den Konkurrenzkampf mit ihrer Schwiegermutter. Denn auch darum ging es bei Elisabeths Besuchen. Sie wollte die liebe Großmutter heucheln und Leni damit gegen ihre Mutter aufhetzen. Aber Barbara kannte ihre nun fast dreijährige Tochter gut. Leni ließ sich nichts vorschreiben. Und schon gar nicht, wenn es um ihre Mama ging. Lächelnd schaute sie ihrer Tochter in die Augen und zwinkerte ihr zu. »Wollen wir Großmutter begrüßen gehen?«

Leni schmiegte sich zärtlich an sie und schüttelte unmerklich den Kopf.

Sonntag, 6. Oktober, mittags

Gern hätte Humboldt jetzt Kuchen in seinen Kaffee, der brühwarm vor ihm stand, geditscht. Aber weder Lara König noch Marc Vierhaus waren bisher im Kommissariat aufgetaucht. Er konnte nur hoffen, dass Lara König aus irgendeinem Café Leckereien mitbrachte. Falls sie überhaupt kam. Er schaute auf seine Uhr. Schon nach zwölf.

Stein kam mit einem Stapel kopierter Unterlagen in das Besprechungszimmer. »Noch keiner da?«, fragte er erstaunt. »Das nächste Mal müssen wir wohl wieder eine Uhrzeit ausgeben.«

Humboldt nickte. »Na wenigstens sind wir ein Stück weitergekommen. Wir warten noch zehn Minuten, dann rufen wir unsere Schäfchen zusammen.«

Dazu kam es nicht, denn kurze Zeit später kamen Lara König und Marc Vierhaus wie verabredet in den Besprechungsraum.

»Eierschecke war alle, aber dafür habe ich ein paar Streuselschnecken mehr mitgebracht. Und Zuckerkuchen, falls jemand Abwechslung braucht.« Grinsend stellte Lara König das Kuchenpaket auf den Tisch.

Humboldt und Stein stürzten sich direkt darauf.

»Hm, gutes Timing, Lara. Der Kaffee ist gerade fertig. Also, wenn ihr welchen wollt, er steht in der Küche auf der Warmhalteplatte.« Stein hatte schon die Teller und Kuchengabeln verteilt.

»Nee, für mich nicht. Ich komme gerade von einem herrlichen Frühstück. Und ich habe auch eine interessante Neuigkeit.« Lara König platzte fast, hielt sich aber mit ihrer Information zurück, bis alle am Tisch saßen.

Marc Vierhaus war erstaunlich ruhig. Goss sich beinahe zitternd seinen Kaffee ein und schlürfte mit geschlossenen Augen genüsslich den ersten Schluck.

»Okay, alle bereit?« Sie setzte eine verschwörerische Miene auf. »Ich war ja heute Vormittag mit meiner Freundin Ilka Conradi vom Revier Dresden-Mitte frühstücken.«

»Tolle Info! Hat's den Damen geschmeckt?«, fragte Marc Vierhaus, ohne die Augen zu öffnen.

Humboldt räusperte sich, da sein Kollege seinen drohenden Blick ja nicht sehen konnte.

»Idiot!«, sagte Lara König hämisch. »Ist gestern wieder etwas später geworden, was? Wenn der Kleine nichts verträgt, muss er eben früher ins Bett gehen.«

Genervt sahen sich Humboldt und Stein an.

»Ja, ja, schon gut! Also, Ilka hat mich jedenfalls auf Maria angesprochen. Keine Ahnung, woher sie das wusste. Von mir nicht, ehrlich.« Sie hob entschuldigend beide Hände.

»Schon gut. Morgen wird es sowieso in jeder Zeitung stehen«, winkte Humboldt ab und nickte ihr aufmunternd zu.

»Also vor circa einem Jahr hatte Maria Anzeige gegen unbekannt erstattet. Sie fühlte sich in ihrer Wohnung beobachtet. Mal stand ein Mann vor ihrem Haus, mal glaubte sie, dass sie jemand vom Nachbarhaus aus bespitzelte. Egal, wo sie hinging, sie hatte immer das Gefühl, verfolgt zu werden. Offenbar wollte sie keinen Notruf absetzen, sondern stolzierte eines Tages ins Polizeirevier Dresden-Mitte rein und gab alles zu Protokoll.«

Interessiert hörten Humboldt und Stein zu, und sogar Marc Vierhaus ließ sich dazu hinreißen, ein Auge zu öffnen.

»Das Komische war nur, dass das Haus gegenüber zu der Zeit leer stand. Als die Kollegen nachschauen wollten, war alles abgeschlossen. Es hatten wohl Sanierungen stattgefunden, aber die waren bereits beendet, und der Besitzer war auf der Suche nach geeigneten Mietern. Die Überprüfung des Vermieters hatte nur ergeben, dass dieser im Rollstuhl saß und die achtzig schon überschritten hatte. Maria hatte dann noch zweimal angerufen, immer wenn sie wieder jemanden am Fenster entdeckt hatte, aber ehe die Kollegen da waren …« Lara zuckte die Schultern. »Tja, der Fall wurde zu den Akten gelegt, und sie haben auch nie wieder etwas von ihr gehört.«

»Hm.« Humboldt fuhr sich mit beiden Händen über das Gesicht und stieß einen lauten Seufzer aus. »Der große Unbekannte. Der fehlte jetzt noch in unserer Verdächtigenreihe.« Als er ihr enttäuschtes Gesicht sah, besann er sich. »Können wir mit Ihrer Freundin noch einmal sprechen?«

Sie nickte. »Sie kommt heute Nachmittag vorbei. Sie musste nur ihrem Freund Bescheid geben und wollte noch die Unterlagen zu dem Fall holen.«

Stein wirkte nachdenklich. »Wird schwer werden, jemanden ausfindig zu machen, der damals schon nicht entdeckt werden wollte. Aber gut. Setzen wir ihn zu den Verdächtigen.« Nachdem keiner reagierte, humpelte Stein selbst zur Pinnwand und setzte den Unbekannten unter Dr. Maximilian Grün und Oskar Stanislaus. Er drehte sich zu seinen Kollegen. »Ich habe euch eine Zusammenstellung der bisherigen Verdächtigen und deren Geschichten hingelegt. Stanislaus war nirgends aufzutreiben, und wie Kollege Vierhaus ja auch schon erfahren hat, ist er schon eine ganze Weile wie vom Erdboden verschluckt.«

Als Stein wieder saß, klopfte Humboldt mit dem Kugelschreiber auf den Unterlagen herum. »Ich sage euch was, spätestens morgen haben wir hier Besuch vom Chef. Und der wird keine gute Laune haben.« Wobei Humboldt einfiel, dass er Noack eigentlich noch nie schlecht gelaunt gesehen hatte. Seine Aussage zeigte wenigstens Wirkung bei den jungen Kollegen. Was so eine Beförderung doch manchmal für ungeahnte Kräfte freisetzen konnte, dachte er. Selbst Marc Vierhaus saß nun aufrecht und versuchte, seinen Kater zu ignorieren.

»Also, Dr. Grün war zur Tatzeit in Halle. Das hat Frank kontrolliert. Ist alles hieb- und stichfest. Er wurde den ganzen Abend an der Bar seines Hotels mit diversen Damen gesehen und ist auch anderntags erst gegen Mittag gefahren. Da Maria nicht so lange im Wasser gelegen hat, kann er sie nicht in die Elbe befördert haben.« Humboldt wandte sich an Stein. »An Stanislaus bleibst du weiter dran. Vielleicht kannst du ihn doch noch irgendwie aufstöbern. Wobei ich glaube, dass der ganz woanders unterwegs ist.« Zerstreut trat Humboldt ans Fenster und schaute auf den regen Verkehr vor dem Polizeipräsidium.

»Habe ich was verpasst? Wie kommst du darauf?«, fragte Stein verdutzt.

»Hm?« Humboldt war weit weg mit seinen Gedanken. »Ja, das ist so eine Ahnung. Erzähl ich euch ein anderes Mal.«

Stein schaute ihn überrascht an. Es war ihm anzusehen, dass er von dieser Antwort enttäuscht war. Trotzdem blieb er still.

»Tja, Dr. Grün würde ich auch noch nicht von der Liste streichen. Lara, recherchieren Sie doch bitte nachher mal, ob irgendwelche Kunstfehler seine weiße Weste beflecken. Vielleicht gab es irgendwann eine Erpressung oder Ähnliches. Könnte sein, dass Sie das ›Elbflorenz‹ wieder durchforsten müssten. Falls Sie Zugang zum Archiv der Zeitung brauchen, kann ich Ihnen weiterhelfen. Oder sollte das vielleicht unser junger Kollege machen? Der war doch letztens zum Experten in Sachen Klatsch aufgestiegen, oder?«

»Aber gern doch«, antwortete sie grinsend. »Marc?«

»Ha, ha, ich lach mich tot.«

Bevor Marc Vierhaus weitergrummeln konnte, kam Stein wieder zum Thema. »Amelie Legrand, ihr wisst schon, die Studentin, die ihre Freundin vermisst gemeldet hat …« Er vergewisserte sich, dass alle zuhörten. »Als ich heute Morgen in ihrer Wohnung angerufen habe, hat sich nur ihre Mitbewohnerin Babette gemeldet. Amelie war anscheinend die ganze Nacht weg. Was sie sonst nie ist. Ich will ja nicht gleich wieder die Pferde scheu machen, aber irgendwie habe ich kein gutes Gefühl.«

Die vier sahen sich besorgt an.

»Was wird das hier? Ein Serienmord?« Marc Vierhaus sprach als Erster aus, was alle dachten.

»Ich fürchte, wir müssen uns beeilen. Bisher haben wir noch nicht die richtige Spur gefunden.« Humboldt trat der Schweiß aus allen Poren. Wenn diese Studentin jetzt auch noch verschwunden sein sollte, ist die Kacke aber mächtig am Dampfen. »Stanislaus? Vielleicht, aber eigentlich eher ein Kleinkrimineller. Grün? Seriöses Leben, soweit wir wissen, bis auf die sexuellen Belästigungen. Aber ein Mörder? Bleibt unser großer Unbekannter!« Humboldt atmete tief durch. »Frank, du sprichst bitte gemeinsam mit Lara gleich noch mal mit ihrer Freundin. Dieser –«

»Ilka. Ilka Conradi«, half ihm Lara König auf die Sprünge.

»Genau. Marc, Sie versuchen noch einmal, Amelie zu erreichen. Ich frage bei den de Souzas nach, ob sie von diesem Unbekannten gehört haben. Leute, wir müssen uns sputen. Irgendwas ist hier ganz faul. Und ich könnte mir in den Hintern beißen, weil ich nicht darauf komme.« Humboldt klatschte in die Hände und trieb seine Kollegen an die Arbeit. Er selbst hatte noch etwas anderes vor: Er musste endlich Christin Weißenburg erreichen. Er würde sie nach der Notiz auf ihrem Schreibtisch fragen und wollte wissen, was sie über Monique wusste. Aufgewühlt, aber dennoch froh, dass wieder mehr Bewegung in die Situation kam, ließ er sich in seinen Bürosessel fallen und griff zum Hörer.

Sonntag, 6. Oktober, abends

Was bildete sich dieser Mensch bloß ein? Sie war doch nicht seine Leibeigene. Klar hatte sie es darauf angelegt, hatte sich in der Redaktion verleugnen lassen und war nicht an ihr Handy gegangen. Aber genau aus dem Grund, um solchen Gesprächen wie eben aus dem Weg zu gehen.

Wutschnaubend schnappte sich Christin die Fernbedienung und zappte durch die Programme. Aber beruhigend war das auch nicht. Sie ging in die Küche und schaltete den Wasserkocher ein. Tee half immer. Während das Rauschen des Kochers immer lauter wurde, dachte sie noch einmal über das Gespräch mit Humboldt nach. Okay, vielleicht hatte sie auch nicht ganz fair gespielt. Schließlich hatte sie ihm ja versprochen, sich innerhalb von vierundzwanzig Stunden zu melden. Aber es war eben nun mal nicht möglich. Er musste das doch selbst wissen. Wie oft ergaben sich bei seinen Ermittlungen neue Erkenntnisse, und einen genauen Zeitplan gab es dabei leider nie.

Sie konnte Humboldt nicht am Samstag von der Sache in Teplice erzählen, dann wäre doch alles zu früh aufgeflogen. So hatten sie am Dienstag wenigstens noch die Chance, einen der oberen Bosse zu schnappen. Dafür arbeiteten sie doch die ganze Zeit. Was konnte sie dafür, dass sich ausgerechnet Humboldts Schwester wieder in Schwierigkeiten gebracht hatte? Das war nicht ihr Problem.

Der Wasserkocher gab noch die letzten blubbernden Geräusche von sich. Christin goss sich eine Kanne Tee auf und schlenderte wieder ins Wohnzimmer.

Ja, natürlich war es schlimm für Monique. Sie wusste ja, dass ihre jetzige Reaktion nicht rational war. Wenn Humboldt sie nur nicht immer so auf die Palme bringen würde. Sie ärgerte sich, dass sie sich hatte hinreißen lassen, Dinge zu sagen, die sie nicht so meinte.

Sie umklammerte ihre Teetasse und kuschelte sich in die

cremefarbene Fleecedecke. Noch etwas anderes kreiste durch ihren Kopf. Glaubte Humboldt wirklich, dass dieser Kleinkriminelle Oskar Stanislaus hinter dem Tod von Maria steckte? Es fiel ihr schwer, sich das vorzustellen. Natürlich würde sie ihren Kollegen fragen, wie oft der Typ in Teplice war. Aber was sagte das schon aus? Für sie taugte der nicht zu mehr als zu einem Handlanger. Viel Hirn schien er nicht zu haben. Der war doch immer nur in irgendwelche illegalen Sachen verstrickt. Meistens Drogen. Und jetzt eben auch Pornografie. Das zeigte höchstens, dass er derjenige war, der dafür geradestehen sollte. Die Chefs machten sich die Hände nicht schmutzig und wurden auch nicht erwischt. Meistens jedenfalls.

Eine Reportage über Alaska fesselte Christins Aufmerksamkeit. Fremde Länder faszinierten sie schon von jeher. Und je älter sie wurde, umso mehr suchte sie die Herausforderung. Vielleicht würde sie einmal mit Schlittenhunden durch Alaska ziehen. Oder an einem Schlittenhunderennen teilnehmen. Die Reportage hatte große Lust in ihr geweckt. Sie ließ den Kopf auf die Sofalehne sinken und schloss die Augen. Aber die gewünschten Bilder von Eis und Schnee stellten sich nicht ein. Stattdessen schob sich erneut das Gespräch mit Humboldt in den Vordergrund.

Sie ärgerte sich darüber, dass Humboldt ihre Recherche über Wiesinger so lapidar abgetan hatte. Im Zusammenhang mit dem Artikel über Marias Tod hatte Christin sich natürlich auch in deren Umfeld umgesehen. Als sie ihre Notizen noch einmal durchging, blieb sie bei dem Namen Wiesinger hängen. Irgendetwas war mal mit Wiesinger gewesen. Im Internet fand sie nur, dass er vor Jahren bei der Schneider Pharma AG gearbeitet und sich im Anschluss sein Sportinstitut aufgebaut hatte. Es ließ ihr keine Ruhe. Alles Grübeln half nichts, die Erinnerung kam nicht von selbst. Sie loggte sich im Rechner in das Archiv ihrer Redaktion ein. Und sie hatte Glück! Der Zeitraum, den sie ins Auge fasste, war bereits digitalisiert. Es dauerte auch nicht lange, da fand sie, worauf sie gehofft hatte. Es gab damals einen ziemlichen Skandal um Wiesinger. Besonders als der erfolgreiche Mediziner das Handtuch geschmissen und die Schneider Pharma AG verlassen hatte.

Aber das schien den Herrn Kommissar nicht zu interessieren. Oder er wollte nicht zugeben, dass sie ihn damit auf eine Spur gebracht hatte. Grinsend öffnete Christin die Augen. Und im Übrigen fand sie, dass sie jetzt mal wieder quitt waren. Schon längst. Christin nahm den restlichen Tee mit an ihr Bett. Sie kuschelte sich unter die Bettdecke und beschloss, ihren wilden Gefühlen zu entkommen. Der Roman, der von einer wunderschön verzwickten Liebesgeschichte zwischen Léon und Louise handelte, tröstete über die letzten Stunden dieses Abends hinweg. Nur zu gern ging sie mit den beiden Verliebten auf eine Radtour ans Meer, ließ sich mit ihnen den Wind durch die Haare wehen und schmeckte das Salz in der Luft.

Sonntag, 6. Oktober, zur selben Zeit

Wieder einmal saßen die Ermittler in großer Runde am Besprechungstisch. Diesmal standen deftige Sachen bereit. Um diese Uhrzeit hielten sie sich lieber an Fischsemmeln und Hackepeterbrötchen.

»Okay, wer fängt an?«, fragte Humboldt in die Runde.

Lara König winkte ab. »Das Gespräch mit Ilka und die Durchsicht der Unterlagen von damals hat eigentlich nichts weiter ergeben. Außer, dass der Fall urplötzlich und ohne Vermerk zu den Akten gelegt wurde.«

»Kann ich euch sagen, warum«, antwortete Humboldt. »Das ist schon eine ungewöhnliche Geschichte. Marias Vater hatte diesen Unbekannten engagiert. Seit die Eltern auf Mallorca waren, waren sie besorgter denn je. Der lockere Lebenswandel ihrer Tochter war ihnen ein Dorn im Auge. Da sie aber kaum noch Einfluss auf sie hatten und auch nicht wussten, wie sie näher an sie herankommen könnten, setzten sie erst einmal einen Privatdetektiv auf sie an. Im Nachhinein war es dem Vater furchtbar peinlich. Er selbst hatte bei der Polizei angerufen und die Sachlage erläutert. Allerdings verschwieg er seiner Tochter diesen unangenehmen Vorfall, wie er sich ausdrückte.«

»Die haben was gemacht?«, entrüstete sich Lara König. »Wenn ich mir vorstelle, dass meine Eltern mir nachspionieren würden! Also wirklich …«

»Was würden sie denn da entdecken?«, fragte Marc Vierhaus hämisch nach.

»Na jedenfalls keine Saufgelage wie bei dir«, konterte sie.

Stein unterbrach die Rangelei in seiner gewohnt ruhigen Art. »Es wäre sicher besser gewesen, sie wären persönlich nach Dresden gekommen, anstatt einen wildfremden Mann auf ihre Tochter zu hetzen. Damit haben sie ihr vor allem große Angst gemacht.« Betroffen sah er aus dem Fenster. »Wo ist Maria da nur hineingeraten?«

»Das müssen wir schnellstmöglich herausfinden.« Humboldt versuchte, den Faden wieder aufzunehmen. Nach der Aussage von Marias Vater hatte er ähnliche Gedanken. Sie mussten sich aber jetzt zusammenreißen. So wie es aussah, standen noch andere Leben auf dem Spiel. »Also haken wir den Beschatter ab. Ist doch sehr unwahrscheinlich, dass er mit Marias Tod zu tun hat. Aber um sicherzugehen, müssen wir ihm morgen einen Besuch abstatten. Ich habe seine Adresse hier.« Humboldt trat an die Pinnwand und strich das Wort »Unbekannter« durch. »Stanislaus?«

»Nichts zu machen. Keiner hat ihn in den letzten Wochen gesehen«, antwortete Stein. »Sollen wir nach ihm fahnden lassen?«

Humboldt hatte mit dieser Frage gerechnet. Er wand sich um die Antwort. »Hm, vielleicht später. Erst machen wir hier weiter.«

Er sah Steins skeptischen Gesichtsausdruck. Offensichtlich kam er nicht darum herum, Stein zu erzählen, wo Stanislaus sich derzeit aufhielt. Und damit musste er dann auch die ganze Story über Monique preisgeben. Er schnaufte resigniert. »Ich komme gleich dazu. Erst mal weiter im Text. Marc, was ist mit dieser Studentin?« Humboldt schaute auf seine Unterlagen. »Amelie Legrand? Ist sie aufgetaucht?«

»Nein. Und jetzt ist sich ihre Mitbewohnerin auch sicher, dass etwas nicht stimmt. Amelie war immer zuverlässig. Dass sie einfach so über Nacht wegbleibt und nicht Bescheid gibt, gab es bisher nie. Auch heute kam kein Lebenszeichen von ihr«, antwortete Marc Vierhaus. »Ich treffe mich jetzt gleich mit Amelies Mitbewohnerin in der gemeinsamen Wohnung. Vielleicht finde ich einen Hinweis in ihrem Zimmer.«

»Okay, machen Sie das sofort. Und ein Bild von ihr wäre gut. Im Anschluss geben wir direkt die interne Fahndung raus, ja?« Den letzten Satz musste Humboldt ihm hinterherschreien, da er schon mit der Jacke in der Hand auf dem Weg war.

»Hätten wir die Kriminaltechnik schon mitschicken sollen?«, fragte Stein.

»Sonntagabend? Wird schwer werden, so schnell jemanden aufzutreiben.« Humboldt überlegte. »Lassen wir ihn erst mal machen.«

»Es gibt auch Neuigkeiten von Dr. Grün. Der werte Herr hatte tatsächlich mal eine Klage am Hals«, nutzte Lara König die entstandene Pause. »Vor gut zwei Jahren hatte es wohl mit einer Brustoperation nicht richtig funktioniert. Das hatte aber nichts mit dem Silikonskandal zu tun, der zu der Zeit in allen Medien war. Aber wie schon bei der sexuellen Belästigung wurde auch in diesem Fall die Anklage zurückgezogen. Ich vermute mal, da spielt Geld eine ganz große Rolle.« Sie blätterte noch einmal ihre Papiere durch. »Tja, das war's. Mehr hat er nicht auf dem Kerbholz. Jedenfalls nichts, was wir ihm nachweisen können.«

»Allmählich gehen uns die Verdächtigen aus«, bemerkte Stein zynisch.

»Wir sollten trotzdem noch mal mit Dr. Grün sprechen. Vielleicht ist ihm mittlerweile mehr zu Maria eingefallen«, sagte Humboldt. »Ich bin morgen Vormittag sowieso unterwegs, dann kann ich noch einmal in der Klinik vorbeifahren.«

»Willst du uns nicht endlich sagen, was los ist? Ich werde das Gefühl nicht los, dass du mehr weißt, als du uns bisher gesagt hast. Zum Beispiel, warum du morgen auf Tour bist.«

Humboldt spürte, dass Stein allmählich richtig sauer auf ihn war. Verständlich. Auch Lara König schaute ihn fragend an. Er fuhr sich mit den Händen über seine müden Augen. »Okay, aber was ich euch jetzt erzähle, bleibt unter uns.« Erst als beide nickten, fuhr Humboldt fort. Er erzählte ihnen von der Erpressung durch Christin Weißenburg, von ihrem Deal und natürlich auch von Monique.

Sonntag, 6. Oktober, ebenfalls zur selben Zeit

Hastig packte Barbara ihre Tasche. Schlüssel, Arbeitskleidung, Handy. Was noch? Sie sah sich in ihrem Zimmer um. Der große Koffer, den sie vorsorglich schon mit allen lebenswichtigen Dingen, die sie und Leni brauchten, bestückt hatte, stand zwischen Schrank und Wand. Da er nicht ganz dahintergepasst hatte, war ihr nichts Besseres eingefallen, als den voll behangenen Kleiderständer davorzustellen. Sie hoffte, dass ihre Schwiegermutter nichts bemerken würde. Wobei sie es trotzdem befürchtete. Schließlich mischte sich Elisabeth in alles ein, was sie nichts anging. Sobald sie das Haus betrat, regte sie sich auf. Die Gardinen passten nicht zum Sofa, die Dekoration sei billiger Schund, der Teppichboden musste dringend gereinigt werden. Barbara konnte es nicht mehr hören. Maximilian war nie zu Hause. Den interessierte das Ganze nicht. Wenigstens hatte Elisabeth nichts an ihrer Enkelin auszusetzen. Natürlich ließen die Manieren, ihrer Meinung nach, zu wünschen übrig. Leni hatte ein feines Gespür, sie versuchte ihrer Großmutter aus dem Weg zu gehen.

Barbara ließ ihren Blick noch einmal durch ihr Zimmer schweifen. Sie horchte an der Tür, ob sich jemand näherte. Vorsichtig öffnete sie den Schmucksafe, der in ihrem Kleiderschrank eingebaut war. Sie nahm die K.-o.-Tropfen heraus und verstaute sie in ihrer Hosentasche. Jetzt noch den Rotwein vorbereiten, und in etwa einer Stunde konnte sie sich davonwagen.

Seitdem sie diesen Job angenommen hatte, musste sie nachts aus dem Haus. In dieser Zeit kam ihre Freundin Tanja heimlich in die Villa, um auf Leni aufzupassen. Die Kleine hatte einen ruhigen Schlaf, bisher hatte sie noch nie mitbekommen, dass ihre Mama nicht da war. In der Vergangenheit war das ja auch nur zwei- bis dreimal in der Woche nötig. Aber seit dem letzten Zwischenfall musste sie jede Nacht ran. Deshalb hatte Barbaras Chef ihr ja auch die K.-o.-Tropfen besorgt, damit Elisabeth nichts davon mitbekam. Tanja war natürlich wenig begeistert davon, aber Barbara beruhigte sie, dass es sich nur noch um ein paar Tage handeln würde. Dann hätte sie das Geld zusammen, um mit Leni abzuhauen. Tanja hatte in der letzten Woche eine Wohnung an der Ostsee, auf dem Darß, gemietet. Hier könnte Barbara mit ihrer Tochter eine Weile untertauchen. Sie konnte überhaupt nicht abschätzen, wie die Reaktion ihres Mannes sein würde. Vielleicht war er sogar froh, sie endlich los zu sein.

Barbara wischte die Gedanken beiseite. Eins nach dem anderen. Bis dahin war noch eine Menge zu erledigen. Sie ging in die Küche und stellte zwei verschiedene Gläser auf das Tablett. Sie wollte auf keinen Fall aus dem falschen Glas trinken. Der Rotwein sah verlockend aus. Aber sie durfte nicht zu viel trinken. Das, was ihr bevorstand, würde sie auch ohne Schwips schon sehr mitnehmen. Barbara achtete beim Einträufeln der K.-o.-Tropfen peinlich genau auf die Dosis. Ihr Chef hatte ihr die Tropfenanzahl berechnet. Damit würde ihre Schwiegermutter bis morgen früh durchschlafen. Angespannt lächelnd betrat sie das Wohnzimmer, in dem Elisabeth schon vor dem Fernseher saß. Barbara reichte ihr ein Glas und setzte sich in den gegenüberliegenden Sessel.

Sonntag, 6. Oktober, nachts

Stein sah Humboldt fassungslos an. »Und das hast du uns die ganze Zeit über verschwiegen?«

Auch Lara König schien nach Worten zu suchen. »Also, die Weißenburg? Das hätte ich ja nicht von der gedacht.«

Beide wirkten überwältigt von dem, was ihnen Humboldt gerade aufgetischt hatte. Es war ja auch starker Tobak. Jetzt konnte er nur auf ihr Verständnis hoffen, weil er so lange nichts erzählt hatte. Irgendwie hatte er auch das Gefühl, Christin Weißenburg in Schutz nehmen zu müssen. So, wie es sich jetzt darstellte, war sie in Wirklichkeit gar nicht. Jedenfalls wenn man sie etwas näher kennengelernt hatte. Aber hatte er das? Was wusste er schon von ihr? Trotzdem versuchte er, ihr Bild etwas gerader zu rücken.

»Ja, natürlich hatte ich damals schwer zu kämpfen. Und ich war froh, dass unser ehemaliger Chef die Sache so professionell geklärt hat. Und seitdem konnte ich sogar schon das eine oder andere Mal von ihren Informationen profitieren.«

»Na, aber trotzdem. Wenn das rauskommt. Du bist deinen Job los«, antwortete Stein.

»*Wenn* es rauskommt. Ist es bisher ja auch nicht. Und jetzt wisst auch nur ihr beide davon. Also, wie soll jemand davon erfahren? Frau Weißenburg wird sich hüten, die Sache weiterzugeben.«

»Sind Sie da sicher?«, fragte Lara König skeptisch.

»Ja, da bin ich mir sicher. Es ist mittlerweile quasi ein routiniertes Arbeitsverhältnis daraus geworden. Geben und Nehmen. Und jetzt haken wir die Sache ab. Wir haben wirklich Wichtigeres zu tun.«

Aber Stein war noch nicht fertig. »Warum hast du eigentlich nie etwas über Monique erzählt? War dir das peinlich oder was?« Unverständnis und Verärgerung schwangen in seiner Stimme mit. »Ich dachte, wir sind gut genug befreundet, dass du mir so etwas anvertrauen kannst.«

Daran, dass Stein seine Verärgerung nicht unter vier Augen weiter austrug, merkte Humboldt, wie sehr es ihn getroffen hatte. »Es tut mir leid. Das hätte ich wohl tun sollen.«

Lara König rutschte unruhig auf ihrem Stuhl hin und her. Man spürte, dass sie nicht wusste, ob sie jetzt besser den Raum verlassen oder sich weiter beteiligen sollte. »Ähm, bin sofort wieder da«, verkündete sie und ging fluchtartig hinaus.

Humboldt erhob sich und ging um den Tisch herum. »Frank, du kennst mich doch. Ich muss solche Dinge immer erst mal mit mir selbst ausmachen.«

»Erst mal ist gut. Das läuft doch schon eine ganze Weile …« Stein zuckte die Schultern. »Schwamm drüber. Das geht mich nichts an. Und je weniger Personen es wissen, umso besser für dich.« Er sah Humboldt in die Augen. »Aber Charlie, du hast sowieso privat unglaublich zu kämpfen. Statt mich zu belügen, wäre es vielleicht auch für dich besser gewesen, dich mir anzuvertrauen. Hast du es wenigstens deinem Kumpel Toni erzählt?«

Humboldt schüttelte den Kopf. Die Müdigkeit übermannte ihn in diesem Moment so sehr, dass er sich einfach nur noch nach seinem Bett sehnte.

Daraus wurde allerdings nichts, denn Lara König stürmte wieder zur Tür herein. Und sie war nicht allein. Sie hatte einen munteren Dr. Richter im Schlepptau.

Humboldt signalisierte Stein, dass sie gern später weitersprechen könnten. Stein nickte und legte ihm freundschaftlich die Hand auf die Schulter.

Richter polterte auch gleich los. »Oh, ich störe eure Kuschelstunde nur ungern, aber ich habe da etwas für euch. Ich glaube, ich habe das Rätsel gelöst.« Richter bat sie, sich zu setzen. Er selbst blieb an der Stirnseite des Tisches stehen und holte einige Unterlagen aus seiner Tasche. Man sah deutlich, dass er in seinem Element war.

Humboldt blickte erwartungsvoll. Das musste ja schon eine bahnbrechende Entdeckung sein, die Richter da gemacht hatte. Von dem Quizmaster, den er sonst oft raushängen ließ, war nichts zu sehen.

Richter stützte die Hände auf die Tischplatte und sah sie der Reihe nach an. »Und jetzt haltet euch fest.«

Ihre Zunge klebte am Gaumen. Vorsichtig versuchte Amelie zu schlucken. Langsam öffnete sie die Lider. Dunkelheit umfing sie. Sie blinzelte, hatte das Gefühl, dass etwas mit ihren Augen nicht stimmte. Alles war verklebt. Als sie ihren Arm hob, um sich über das Gesicht zu wischen, brach ein stechender Schmerz über sie herein, sodass sie kaum noch atmen konnte. Was war passiert? Sie versuchte, sich zu erinnern. Aber mehr als Brei schien nicht in ihrem Kopf zu sein. Erst musste dieser Schmerz nachlassen.

Nach einiger Zeit hörte das Stechen auf. Sie konnte auch ausmachen, wo es herkam. Der Arm, den sie zu heben versucht hatte, war mit einem Verband versehen. Und auch am Kopf hatte sie ein dickes Pflaster. Jedenfalls glaubte sie das. Mit dem schmerzfreien Arm tastete sie sich und ihre nahe Umgebung ab. Noch traute sie sich nicht, die Augen zu öffnen, geschweige denn, sich hinzusetzen. Aber irgendetwas in ihr sagte ihr, dass sie das tun musste. Dass etwas Schlimmes passiert war und sie Hilfe brauchte.

Wiederum vergingen Minuten. Oder waren es Stunden? Endlich wagte Amelie einen neuen Versuch. Sie hatte das Gefühl, als ob ihre Erinnerung nicht mehr weit weg wäre. Fast konnte sie schon danach greifen. Sie spürte etwas in sich, hatte eine Ahnung von einem konkreten Gedanken. Sie machte die Augen auf. Sofort verloren sich die schwachen Bilder der Erinnerung im Schwarz des Raumes. Schnell schloss Amelie sie wieder. Sie konzentrierte sich darauf, ruhig zu atmen. Panik überkam sie. Ihr Herz begann zu rasen. Der Kopf schien zu zerspringen. Alles in ihr schrie. Jetzt schrie auch sie. Schrie sich ihre Angst aus dem Leib. Und plötzlich war sie wieder in diesem seltsamen Labor, zusammen mit dieser Putzfrau. Deutlich erkannte sie ihr Gesicht, erinnerte sich daran, warum sie sich in Wiesingers Klinik eingeschlichen hatte, und an den Moment, als sie glaubte, entdeckt worden zu sein.

Ihr Puls beruhigte sich. Wenigstens hatte sie ihr Gedächtnis nicht im Stich gelassen. Sie ging noch einmal jeden einzelnen Schritt durch, versuchte sich an alle Einzelheiten zu erinnern. Sie wusste, das könnte wichtig sein. Selbst wenn sie dadurch immer noch nicht herausbekam, wo sie jetzt war. Aber je klarer sie war, umso aufnahmefähiger konnte sie sein, wenn wieder etwas passieren würde. Und dass etwas passieren würde, das war ihr einziger Hoffnungsschimmer. Man würde sie doch nicht hier, wo auch immer sie war, einfach so liegen lassen. Oder doch?

Die Erschöpfung übermannte sie. Sie wollte weiter überlegen, wollte versuchen, sich aufzusetzen, aber die Augen fielen ihr zu. Plötzlich hörte sie etwas. Ein Geräusch drang an ihr Ohr. Ein Wimmern. Oder war es ein Rufen? Ganz leise. Aber sie hatte keine Kraft mehr, konnte die Augen nicht mehr öffnen. Sie ergab sich ihrem Schicksal und rutschte langsam in einen tröstlichen Schlaf.

Marc Vierhaus saß an Amelies Schreibtisch und sah sich einem Berg von Fotos, Zeitungsausschnitten, Modezeichnungen und handgeschriebenen Notizzetteln gegenüber. Babette, Amelies Mitbewohnerin, stand schluchzend hinter ihm.

»Was ist das alles hier?«, fragte er.

Babette zuckte die Schultern. »Sachen, die Amelie für ihren Fotojob braucht. Sie hat für so ein Modejournal fotografiert. Irgendwas mit Molligen.« Babettes rot verheulte Augen zeugten davon, dass sie sich sehr große Sorgen machte. Sie schnäuzte in ihr Taschentuch und wischte sich dann mit einem anderen Tuch die verlaufene Wimperntusche unter den Augen weg.

»Hm, kann es nicht doch sein, dass sie für irgendwelche Fotoaufnahmen einige Zeit wegbleiben muss? Vielleicht hat sie Ihnen einen Zettel hingelegt, und Sie haben ihn übersehen?«, fragte Marc Vierhaus vorsichtig nach. Eigentlich kannte er die Antwort, aber sie mussten auf Nummer sicher gehen.

»Nein! Das habe ich Ihnen doch jetzt schon hundertmal erklärt. Wir haben miteinander gesprochen. Auch wenn wir uns vielleicht nicht alles erzählt haben, wussten wir immer voneinander, wo wir hinwollten und wann wir wieder da sein würden. Das war quasi ein Kodex in unserer WG.«

»Na, das hat ja nun schon zweimal nicht geklappt«, stellte Marc Vierhaus unsensibel fest. »Erst verschwindet Ihre Mitbewohnerin Asha, und Sie wissen wochenlang nicht, wo sie ist. Und jetzt Amelie. Schon eigenartig, finden Sie nicht?«

»Was soll denn das heißen?«, fragte Babette empört nach.

»Na, vielleicht haben die beiden Ihnen absichtlich nichts erzählt. Könnten Sie sich vorstellen, warum? Haben Sie sich gestritten?«

Babette brach wieder in Tränen aus. »Was bilden Sie sich ein? Wir sind gut befreundet. Jedenfalls Amelie und ich. Asha war immer anders, aber nett. Wir verstehen uns prima. Verdächtigen Sie jetzt mich oder was?«

Als er abwartend die Schultern zuckte, rannte Babette weinend aus dem Zimmer und schmiss die Tür hinter sich zu.

Marc Vierhaus glaubte ja selbst nicht daran. Aber er musste doch in alle Richtungen ermitteln. Er schaute sich weiter im Zimmer um. Das Passwort zu Amelies Computer hatten sie nicht knacken können. Mitnehmen konnte er ihn auch nicht so einfach, dazu brauchte er einen Durchsuchungsbeschluss. Aber Babette hatte schon signalisiert, dass er die drei Ordner, auf die sie ihn hingewiesen hatte, zur Durchsicht mit aufs Revier nehmen durfte. »Familie«, »Jobs«, »Hobbys«, stand auf den bunten Aktendeckeln.

Marc Vierhaus warf einen letzten Blick auf das Chaos auf Amelies Schreibtisch und schrieb sich den Namen des Modejournals auf: »Big Pretty«. Er konnte sich beim besten Willen nicht vorstellen, dass mollige Frauen anziehend wirken konnten. Da er ansonsten nichts Brauchbares gefunden hatte, schnappte er sich die drei Ordner und verließ Amelies Zimmer. Kurz überlegte er, bei Babette zu klopfen, beließ es dann aber bei einem lauten Abschiedsgruß. Mittlerweile war es nach Mitternacht. Sollte er jetzt noch ins Präsidium fahren? Wahrscheinlich waren sowieso schon alle weg. Er tippte eine Nachricht an Humboldt und teilte ihm mit, dass er am nächsten Morgen wieder ins Kommissariat kommen würde. Dann startete er seinen uralten silbergrauen Mazda MX-5 und fuhr durch die menschenleeren Straßen von Dresden.

Sonntag, 6. Oktober, kurz vor Mitternacht

Stirnrunzelnd schaute Humboldt vor sich auf den Tisch. Dort lagen Sezierbilder, medizinische Abhandlungen und handgefertigte Skizzen ausgebreitet. Er hatte nur die Hälfte von dem verstanden, was ihnen Richter vermitteln wollte. Es klang unglaublich, und es machte auch irgendwie keinen Sinn. Brachte sie das bei der Suche nach Marias Mörder weiter? War es vielleicht gar kein Mord? Aber sie hatte sich ja wohl nicht selbst in die Elbe gestürzt. Und außerdem gab es ja diese Fußspuren auf der Pillnitzer Elbinsel. Seine Gedanken drehten sich im Kreis. Er hatte das Gefühl, irgendetwas sagen zu müssen. »Puh, also, hm, ich weiß nicht.« Humboldt wand sich.

»Noch mal die Version für Kriminalbeamte?«, fragte Richter grinsend nach.

»Bitte, gern die Kurzfassung.« Humboldt atmete tief durch und nahm sich vor, so viel wie möglich in sein müdes Hirn zu lassen.

»Also. Vielleicht habt ihr schon mal etwas von Nanopartikeln gehört. Das sind winzig kleine Teilchen, rund ein Zehntausendstel einer Haaresbreite. Im Verhältnis zu ihrem Volumen haben sie eine sehr große Oberfläche. Dadurch sind sie reaktionsfreudiger, biologisch aktiver und katalytisch wirksamer als ihre großen Verwandten. Sie bestehen beispielsweise aus Siliziumdioxid, aus Metallen oder aus Metalloxiden. Diese Materialien werden schon seit Jahrzehnten von uns Menschen genutzt. Weil sie im Nanomaßstab vielerlei nützliche Merkmale entfalten, kommen sie mittlerweile in Produkten vor, in denen wir sie nicht vermuten würden. In der Elektronikbranche, in Kosmetika, bei der Flächenveredlung und sogar in der Nahrung. Und eben auch in der Pharmazie und der Medizin.« Richter legte die Fingerspitzen aneinander und schien zu überlegen, wie er fortfahren sollte.

»Nanopartikel können winzig kleine Helferlein sein. Sie können beispielsweise als Beschichtung den Käse haltbarer machen, als Rieselhilfe im Salz wirken, die Soßen aufhellen. Oder aber auch das Sonnenlicht enorm reflektieren, weswegen sie bei der Herstellung von Sonnencremes benutzt werden. In Sportsocken, damit der Fußschweiß gelindert wird, selbst bei Waschmaschinen, um im niedrigen Temperaturbereich für keimfreie Wäsche zu sorgen.«

Humboldt nickte heftig, um Richter zu signalisieren, dass er diesen Teil seiner Ausführungen verstanden hatte.

»Ja, okay. Also. Durch den Anstieg in der Herstellung und Anwendung dieser Partikel sind auch Gesundheitsschädigungen festgestellt worden. Bei der Aufnahme über die Atemwege, zum Beispiel durch Imprägniersprays, wandern die Nanopartikel bis in die Lunge, in den Bereich der Lungenbläschen, und können dort heftige Entzündungen des Lungengewebes auslösen. Noch schlimmer, an dieser Stelle finden sie den Weg in die Blutbahn und können dabei sogar die Blut-Hirn-Schranke überwinden. Das ist die Barriere zwischen Blut und Zentralnervensystem. Wird diese durchbrochen, können die reaktiven Teilchen eine Schädigung des Nervensystems in Gang setzen.« Richter schob seine Brille zurecht und nahm wieder die Dozentenhaltung ein.

»Und das ist längst nicht der einzige Weg, wie Nanopartikel in den Körper gelangen können. Über die Nase, den Magen, die Haut. Je nach Konstitution des Aufnehmenden passiert gar nichts, oder es können Organschädigungen in Milz, Leber oder Knochenmark auftreten. Positiv gesehen gibt es schon erste Medikamente zur Krebsbehandlung mit Nanopartikeln, negativ geschaut birgt die unkontrollierte Aufnahme dieser Teilchen große Risiken für uns Menschen bis hin zur DNA-Schädigung.« Richter unterdrückte ein Gähnen und schaute in die Gesichter seiner Zuhörer.

»Hm, okay, und was hat das Ganze jetzt noch mal mit Maria zu tun?«, fragte Humboldt vorsichtig nach. Er kam sich vor wie ein dummer Junge. Aber den genauen Zusammenhang hatte er immer noch nicht verstanden. Er hoffte nur, dass Richter jetzt nicht wieder zu weit ausholte. So interessant das Ganze auch war, denn davon hatte er noch nie etwas gehört, sosehr schritt aber auch seine Müdigkeit voran.

Lara König rieb sich ebenfalls ununterbrochen die Augen und gähnte häufig.

»Ja, die Maria.« Richter nickte und schien seine Gedanken wieder in die richtige Bahn zu lenken. »Maria de Souza hat sich in den letzten Wochen fast nur von Milchprodukten ernährt. Nicht ausschließlich, wir haben auch Obst und Brot gefunden. Aber die Eiweißstoffe und der Milchzucker überwogen stark. Das waren allerdings nicht irgendwelche Milchprodukte, also kein gewöhnlicher Joghurt oder keine stinknormale Buttermilch. Nein! Mit diesen Milchprodukten muss ein Medikament oder eine Substanz verabreicht worden sein, die die Fettverbrennung beschleunigt oder die Geschmacksnerven tötet. Irgend so was in der Art. Und in Verbindung mit den Nanopartikeln konnte der Wirkstoff auch genau dahin gelangen, wo er vorgesehen war. Die Oberflächenbeschaffenheit von solchen Substanzen ist entscheidend für ihre weitere Zielbestimmung im Körper. Durch das Beschichten der Partikel mit Molekülen, die vom Immunsystem nicht als fremd erkannt werden, können sie ungehindert ihr Ziel erreichen. Liposomen zum Beispiel, die mit solchen Molekülen beschichtet wurden, können in der Krebstherapie eingesetzt werden, da die Blutgefäße in Tumorzellen eine größere Durchlässigkeit haben als die Blutgefäße in gesunden Geweben. Ergo können Wirkstoffe gezielter eingesetzt werden.«

Humboldt schaute zweifelnd. »Und woran machst du diese Theorie jetzt fest?«

»Ja, das war das Knifflige an der Sache. Und da kamen meine Kollegen ins Spiel.« Richter beugte sich über den Tisch und schaute Humboldt direkt an. »Ich hatte doch die Haaranalyse machen lassen. Bei der Auswertung sind mir kleine Unstimmigkeiten der DNA aufgefallen. Ich konnte zunächst nichts damit anfangen. Aber alle Faktoren zusammengenommen: Entzündeter Magen, extreme Gewichtsreduzierung, Tod durch Organversagen und veränderte DNA-Struktur ließen bei meinen Kollegen die Köpfe glühen, und wir sind auf die einzige Lösung gekommen.«

»Die einzige? Sicher, dass es nicht doch auch andere Ursachen haben kann?«, fragte Humboldt nach.

Richter stellte sich wieder aufrecht hin und verschränkte die Arme vor der Brust. »Nein!«

Stein versuchte, das Ergebnis in Worte zu fassen. »Also hat sie irgendeine Diätmilch getrunken und ist daran gestorben?« Das schien ihm doch etwas zu simpel.

Richter seufzte. »Das war nicht irgendein Diätmittel. So etwas gab es bisher nicht. Hier hat jemand geforscht und es übertrieben. Auch meine Kollegen sind der Meinung, dass kein bisher bekanntes Diätmittel so aggressiv wirkt. Es wäre eine bahnbrechende Erfindung. Aber sie muss natürlich funktionieren. Ich werde mir die Tote morgen noch einmal vornehmen und genauer daraufhin untersuchen.« Richter packte seine Unterlagen zusammen und nahm seine Jacke. »Wenn's das war, verabschiede ich mich jetzt. Frau König? Noch irgendwelche Fragen?«

Lara König schüttelte fassungslos den Kopf. »Nein, ich muss das erst mal verarbeiten. Wer macht denn so was? Ich meine, gibt es dafür nicht Tierversuche? Und muss man so was nicht anmelden oder so? Wo sollen wir denn da jetzt ansetzen?«

»Tja, das ist jetzt wieder eure Aufgabe. Humboldt?«

Dieser nickte nachdenklich und rieb sich seine müden Augen. »Wenn noch was ist, melden wir uns morgen. Danke fürs Erste. Wir machen jetzt auch Schluss.«

»Was ist mit Vierhaus?«, wollte Lara König wissen.

»Hat eine Menge Unterlagen aus Amelies Wohnung mitgenommen und kommt morgen früh wieder.«

Sie schaute Humboldt fragend an.

»Ich habe gerade eine Nachricht von ihm bekommen. Hellsehen kann ich noch nicht«, antwortete er lächelnd und löschte das Licht.

Er hatte die halbe Nacht telefoniert. Mit wem genau, daran konnte er sich kaum noch erinnern. Wollte er auch gar nicht. Das war nicht wichtig. Wichtig war nur, dass jetzt alles in Gang gebracht war. Natürlich konnte die Polizei die Telefonate später zurückverfolgen. Aber sie würden am anderen Ende keine Anschlüsse mehr vorfinden, und es war dann ohnehin zu spät. Dann war alles glattgegangen.

Eigentlich wollte er gar nicht weg. Die Genugtuung, das Ganze hier in seiner Stadt zu veröffentlichen, blieb ihm verwehrt. Aber das hatte er sich selbst zuzuschreiben. Warum musste er auch diese aufdringliche Stadtschlampe mit ins Boot nehmen? Andererseits, was blieb ihm anderes übrig? Er war unvorsichtig, und sie hatte gelauscht. Hatte ihn erpresst, alles an die Öffentlichkeit zu bringen.

Natürlich hatte es ihn auch gereizt, seine Studie an schlankeren Objekten auszuprobieren. Und die Tussi wollte noch nicht mal Geld dafür. Noch ein Punkt, der für sie sprach. Die anderen Probandinnen waren arme Schlucker, Studentinnen eben. Die brauchten die Kohle. Und eitel waren sie alle. Welche Frau war das nicht?

Und dann noch diese Pseudoärztin. Was hatte er sich nur gedacht, die einzuweihen? Andererseits brauchte er sich nicht die Hände schmutzig zu machen. Sie konnte die Drecksarbeit erledigen, sich um die Probandinnen und deren Befindlichkeiten kümmern, die täglichen Untersuchungen durchführen und auswerten. Er brauchte nur noch als Gott in Weiß aufzutauchen und die Dinge zu tun, die man als Chefarzt eben so tut. Das war seine innere Befriedigung. Das war die Anerkennung, die er verdiente. Und wenn er erst berühmt sein würde …

Mit glänzenden Augen saß er auf dem Sofa. Neben sich den gepackten Koffer und die Laptoptasche mit den wichtigen Unterlagen. Viel brauchte er nicht. Er würde sowieso sein Leben hinter sich lassen, ein neues beginnen. Wieder spürte er dieses Kribbeln, diese Vorfreude. Er schnappte sich seine beiden Taschen und stellte sie an den Aufzug. Noch eine Nacht. Seine letzte hier. Und nicht nur seine letzte …

Montag, 7. Oktober, morgens

Er saß mitten auf einem Felsen. Die Sonne schien. Der Ausblick war gigantisch. Er konnte bis ans Meer sehen. Bis ans Meer? Tja, musste wohl so sein. Sein Freund Toni saß lachend neben ihm und reichte ihm eine Tüte Pommes. Die schmeckten herrlich. Jetzt ein Bier dazu. Gerade wollte er das kühle Blonde ansetzen, da klingelte es. Das Bier war weg. Das Meer entschwand. Was klingelte hier auf dem Felsen? Aber der war auch nicht mehr da. Nur dieser nervende Klingelton. Allmählich drang er in Humboldts Bewusstsein. Das war sein Handy, was hier läutete. Aber, war er nicht beim Klettern? Mühsam öffnete er die Augen. Er schaute auf die Uhr. Sieben Uhr. Dann hatte er erst drei Stunden geschlafen. Wenigstens hatte das lästige Klingeln aufgehört. Ein Piepston sagte ihm, dass eine Nachricht eingegangen war. Humboldt versuchte schlaftrunken, den Text zu entziffern. »Noch eine Frau verschwunden. Ich hole dich zu Hause ab. Gruß Frank«. Humboldt war wie elektrisiert. Noch eine Frau? Das durfte doch nicht wahr sein. Womit hatten sie es hier zu tun? Serienmord? Aber vielleicht waren die Frauen ja noch am Leben. Humboldt wurde ganz schlecht bei dem Gedanken, dass sie zu spät kommen könnten. Das durfte nicht sein. Doch wo sollten sie suchen? Bisher führten alle Spuren ins Nichts.

Er sprang eilig aus dem Bett. Er musste sich sputen, auch weil er wusste, dass Stein jetzt zu Fuß zu ihm unterwegs war. Und das tat seinem Bein mit Sicherheit nicht gut. Zwar wohnte er nicht weit weg, aber humpelnd konnte es doch eine enorme Belastung werden. Humboldt fragte sich, ob Stein das Bein je wieder besser würde bewegen können. Noch gab es Fortschritte, aber die wurden immer kleiner. Und ob er jemals wieder Auto fahren konnte, war auch fraglich. Die fehlende Mobilität war für Stein eine ganz schöne Strapaze. Weder beruflich noch privat konnte er ohne Absprache von A nach B fahren. Humboldt war immer wieder erstaunt, wie klaglos sein Freund das auf die Reihe bekam.

Im Hinausgehen zog er sich seine Jacke über und rannte zu seinem Auto. Noch war Stein nicht zu sehen. Humboldt fuhr links in die Wiener Straße und bog nach ein paar hundert Metern in die Julius-Otto-Straße, die in die Wasastraße überging. An der Ecke zur Gustav-Adolf-Straße wohnte Stein. Noch in der Wasastraße sammelte Humboldt ihn auf.

Stein setzte sich mühsam auf den Beifahrersitz und rieb sich sein kaputtes Bein. »Na, hab ich dich doch noch wach bekommen?«, fragte Stein grinsend.

»Grüß dich, Frank. War nicht so leicht. Ich war gerade klettern, mit Blick aufs Meer und Pommes und Bier.«

»Hä? Pommes und Bier? Auf dem Felsen? Alles klar. Muss in Spanien oder so gewesen sein. Wo kannst du sonst das Meer sehen? Schöne Vorstellung.« Stein versuchte, eine bequemere Sitzposition zu finden. Sein Gesichtsausdruck wurde wieder ernst. »Tja, wir haben hier leider andere Probleme zu lösen.«

Humboldt hatte in der Zwischenzeit seinen Kombi gewendet und fuhr Richtung Polizeirevier. »Weißt du schon was Genaueres darüber?«, fragte er Stein.

»Ich weiß nur, dass heute Morgen ein Notruf von einem älteren Herrn eingegangen ist, der eine gewisse Eileen Hall vermisst. Eileen ist ebenfalls Studentin und sollte vor ein paar Tagen wieder eintreffen. Sie ist Engländerin. Und jetzt halt dich fest. Auch sie hat behauptet, die Ferien über bei ihren Eltern zu sein. Wohingegen sie denen erzählt hat, dass sie mit Freunden eine Bergwandertour macht. Seit ein paar Tagen rufen die Eltern jetzt täglich bei Eileens Vermieter an und erkundigen sich, ob er etwas gehört hat. Jedenfalls glaubt er, dass sie das fragen. Sein Englisch ist wohl sehr schlecht. Und nachdem heute Morgen wieder ein Anruf kam, wusste er sich nicht mehr zu helfen und hat die 110 angerufen.«

»Das war ja schon mal nicht das Schlechteste.« Humboldt parkte den Wagen vor dem Kommissariat. »Frank, ich habe das Gefühl, dass wir zu langsam sind. Die Mädels gehen uns verloren.

Wir müssen in allen Richtungen suchen. Was bleibt uns übrig? Könntest du heute mit rausgehen? Mit Lara zum Beispiel?«

»Klar. Ich kann nur nicht weit gehen, denken kann ich aber immer noch gut«, antwortete Stein.

Humboldt sah Stein überrascht an. War er sauer, weil er immer nur im Innendienst arbeiten durfte? Oder konnte? Humboldt nahm sich fest vor, mit Stein demnächst ein Bier trinken zu gehen. Wie früher. Aber erst musste dieser Fall geklärt werden.

Humboldt stand an der Pinnwand und sortierte Bilder und Notizen neu. Seine Mannschaft saß versammelt hinter ihm. Auch Lilly war schon eingetroffen, und Humboldt hatte sie dazugeholt. Jetzt konnten sie jede Hilfe brauchen.

»Also, drei vermisste Frauen: Asha, Amelie und Eileen. Eine Tote: Maria.« Humboldt drehte sich um. »Welche Verbindung gibt es zwischen ihnen? Gibt es überhaupt eine? Was hat das Ganze mit Richters Nanopartikelthese zu tun? Und wer könnte dahinterstecken?«

Die kurze ratlose Pause, die entstanden war, nutzte Marc Vierhaus. »Na ja, es gibt schon einen Zusammenhang. Jedenfalls zwischen Asha, Eileen und unserer Toten.«

Alle Augen schauten gebannt auf ihn.

Er rutschte unruhig auf seinem Stuhl hin und her und musterte eingehend seine Kaffeetasse. »Maria hatte bei ihren Freunden vermutlich auch falsche Angaben gemacht, wo sie die Zeit verbringen wollte. Einige der Mädels, die ich befragt hatte, meinten, dass Maria sich für ein paar Wochen in einer Schönheitsfarm auf Malle einmieten wollte. Aber das hätten doch die Eltern sicher gewusst und vor allem finanziert. Aber das war nicht so.«

»Apropos wissen. Warum haben wir das denn bisher nicht erfahren? Oder hat das jemand von euch gewusst?« Stein blickte sichtlich sauer in die Runde. Als alle die Köpfen schüttelten, mischte sich auch Humboldt ein.

»Marc, das ist jetzt schon das zweite Mal, dass wir solche entscheidenden Hinweise erst so spät erfahren. Was ist los mit Ihnen? Sie sind doch sonst zuverlässiger.«

Sein knallrotes Gesicht sprach Bände. Er suchte nach Worten, verwarf aber offenbar alle wieder. Als ihm niemand zu Hilfe kam, stammelte er: »Ach ja, ihr wisst doch, wie ich drauf war an dem Abend. Außerdem habt ihr mich selbst nach Hause geschickt. Und am nächsten Morgen hatte ich es vergessen.«

»Dieser dämliche Alkohol!«, presste Stein hervor. »Hoffentlich ist dir das eine Lehre.«

Wieder entstand eine peinliche Stille.

Kaum hörbar murmelte Marc Vierhaus eine Entschuldigung.

Humboldt nahm das Zepter wieder in die Hand. »Okay, diese Sache besprechen wir später. Wir müssen die Frauen finden, bevor es hier noch mehr Tote gibt.« Er drehte sich wieder der Pinnwand zu. »Anscheinend gehört Amelie nicht in die Reihe der anderen drei.« Er schob Amelies Bild nach außen und ließ eine kleine Lücke zu den anderen Fotos. »Sie ist die Einzige, die einfach so über Nacht verschwunden ist. Alle anderen verbindet die gleiche Vorgeschichte.« Humboldt holte sich einen Stuhl an die Pinnwand und schaute sich das Ganze aus der anderen Perspektive an. »Wir suchen also mindestens zwei Frauen, die schon vor ein paar Wochen verschwunden sind. Und jetzt kommt Richters Nanopartikeltheorie ins Spiel. Das ist der einzige Anhaltspunkt, den wir im Moment haben.«

Ein zustimmendes Raunen ging durch den Raum.

»Grün«, schlussfolgerte Lara König. »Er ist Arzt. Und sogar Schönheitschirurg. Er kennt sich also auf alle Fälle mit solchen Dingen aus.«

»Und er kannte Maria«, kam ihr Stein zu Hilfe. »Bleibt herauszufinden, ob er auch mit den anderen beiden was zu tun hatte.«

»Hm.« Humboldt war nicht wirklich überzeugt. »Aber hat der Grün nicht schon längst seine Berufung gefunden? Der hat seine täglichen Erfolgserlebnisse mit den Operationen. Und das ganz offiziell. Warum sollte er so etwas heimlich tun?«

»Anerkennung, Forscherdrang«, entgegnete Lara König. »Solche Leute können doch nie genug Ruhm und Ehre erlangen.«

»Wer sagt uns denn, dass er es heimlich macht? Vielleicht arbeitet er an einem offiziellen Projekt. Muss so was nicht irgendwo angemeldet werden? Bei irgendeinem Bundesamt oder so?«, überlegte Stein laut.

»Aber wenn es sich um eine offizielle Studie handelt, warum haben dann die Probandinnen Asha, Eileen und Maria ihre Verwandten oder Freunde angelogen? Vielleicht war es ihnen peinlich, okay. Aber allen dreien?«, fragte Humboldt. »Und würde es bei einer angemeldeten Studie eine Tote geben? Die dann auch noch in der Elbe landet?«

»Und wie war das noch mit dem Geld, dass Asha an ihre Familie geschickt hatte? Bekommen Probanden Geld dafür, dass sie an einer Studie teilnehmen? Wie viel haben die Eltern eigentlich bekommen?«, fragte Marc Vierhaus.

Stein blätterte in seinen Unterlagen. »Es war nicht leicht, die Eltern ans Telefon zu bekommen. Und noch schwerer war es, sich mit ihnen zu unterhalten. Letztendlich habe ich von einem Onkel in Berlin erfahren, dass es sich um etwa neunhundert Euro gehandelt haben muss.«

»'ne Menge Kohle für eine Studentin.« Marc Vierhaus pfiff durch die Zähne.

»Will denn von der Familie niemand wissen, wo Asha ist?«, fragte Lara König.

»Die Eltern sind ziemlich arm. Deshalb hat Asha ja was hingeschickt. Also die werden sicher nicht hierherkommen können«, antwortete Stein. »Und der Onkel scheint geschäftlich sehr eingespannt zu sein. Er war es auch, der Asha das Studium hier ermöglicht hatte. Allerdings hatte ich das Gefühl, dass er sehr froh war, nicht selbst kommen zu müssen. Ich habe ihm versprochen, ihn auf dem Laufenden zu halten.«

»Noch so eine Familie, die sich nicht wirklich um ihr Kind kümmert«, sagte Lara König betrübt.

»Ach, das können wir doch gar nicht beurteilen. Weißt du, wie eng so eine indische Familie ist?«, fragte Marc Vierhaus. »Immerhin haben sie ihrer Tochter schon das Studium im Ausland bewilligt. Und jetzt muss sie halt ihren Weg gehen.«

»Ja, aber jetzt ist sie verschwunden. Da macht man sich doch Sorgen.« Sie wirkte richtig bekümmert.

»Okay, wir wissen nichts von den Familienverhältnissen. So traurig das vielleicht auch ist. Einerseits wegen der Armut, andererseits bezogen auf das Interesse.« Humboldt zuckte die Schultern und lenkte das Gespräch wieder auf die nächsten Schritte. »Wie gehen wir jetzt weiter vor?«

Bevor sich jemand dazu äußern konnte, ging die Tür auf, und Noack, der Leiter des Präsidiums, stürmte herein. »Morgen.«

Jetzt geht's los, dachte Humboldt.

»Leute, mir sitzt die Presse im Nacken. Kann ich denen irgendetwas anbieten? Habt ihr eine Spur?«, fragte Noack eindringlich.

Humboldt setzte ihn kurz über den aktuellen Ermittlungsstand ins Bild.

»Na, das ist doch ein Ansatz. Wir geben eine Großfahndung nach den drei vermissten Frauen raus. Ihr habt hoffentlich Fotos von ihnen.« Noack lief schnellen Schrittes durchs Zimmer und blieb vor Humboldt stehen.

»Bekommen Sie noch heute Vormittag von uns«, antwortete dieser.

»Gut, gut, wir setzen einen Pressetext auf, sodass die erst mal was von uns in der Hand haben.« Noack sah in die Runde. Kurz schien es, als wollte er noch etwas sagen, dann stibitzte er sich nur ein Stück Kuchen vom Tisch und verließ gedankenverloren den Raum. Bevor er die Tür ganz geschlossen hatte, steckte er noch einmal seinen Kopf durch den Türspalt. »Und Leute, bleibt dran. Wir müssen die Mädels finden. Ein verrückter Arzt, der seine Probandinnen sterben lässt. Und das hier bei uns in Dresden. Das geht auf keinen Fall.«

Alle schauten sich konsterniert an.

»Tja, wo er recht hat, hat er recht.« Marc Vierhaus fand als Erster die Sprache wieder. »Übrigens ist der Grün auch meiner Meinung nach unser Hauptverdächtiger.«

»Was ist mit dem Wiesinger von diesem Sportinstitut?«, fragte Humboldt. »Der ist auch Arzt und hat mal bei einem Pharmakonzern gearbeitet.« Und ein komischer Kauz ist er noch dazu, fügte er in Gedanken hinzu.

»Außerdem liegt sein Institut in der Nähe des Fundortes«, schob Stein nach.

»Der wird doch aber nicht so blöd sein, die Leiche vor seiner Haustür abzuladen. Außerdem wurde Maria über die Elbinsel entsorgt«, sagte Lara König skeptisch. »Nur weil einer seiner Patienten die Leiche gefunden hat, macht ihn das noch nicht verdächtig. Finde ich.«

»Ich habe einen Hinweis bekommen, dass es Unstimmigkeiten zwischen Wiesinger und seinem vorherigen Arbeitgeber gegeben hat. Ich habe heute Nachmittag einen Termin mit dem Direktor dort vor Ort. Das ist die Schneider Pharma AG.« Humboldt sah auf seine Uhr.

»Ein Hinweis. Lassen Sie mich raten, von wem?«, grinste Lara König ihn an.

Nachsichtig nickte dieser. »Okay, wie teilen wir uns auf?« Ohne eine Antwort abzuwarten, redete Humboldt weiter. »Frank, du bestellst bitte den Vermieter von unserer dritten Vermissten ein. Wir brauchen ein Bild von Eileen und so viel Infos wie möglich, Freunde, Hobbys und so weiter. Versuch auch, ihre Eltern zu erreichen. Und geh doch bitte noch mal dieser Nanotechnologiethese nach. Da findest du sicher etwas im Internet oder fragst noch mal bei Richter nach.«

Stein nickte zustimmend.

»Marc, Sie gehen Amelies Ordner durch. Auch von ihr brauchen wir ein Foto. Und eines von Asha. Vielleicht gibt's ja was, wo sie gemeinsam drauf sind. Und suchen Sie nach Spuren, die zu ihrem Verschwinden passen könnten. Jeder noch so kleine Hinweis ist wichtig.«

Marc Vierhaus packte schon seine Unterlagen zusammen.

»Lara, wir fahren gleich zu Dr. Grün. Das heißt, Sie telefonieren erst mal mit ihrer neuen Freundin Zander. Er soll sich zu unserer Verfügung halten. Zur Not muss eine Operation verschoben werden. Ich will ihn sprechen.« Humboldt wandte sich Lilly zu, die sofort erschrak und rot anlief. Deshalb hielt er seine erregte Stimme im Zaum und sprach besonders freundlich zu ihr. »Lilly, Sie könnten versuchen, herauszubekommen, ob es eine Anmeldung zu irgendeiner passenden Studie von einem Arzt hier in Dresden gibt. Wo auch immer man das anmelden muss, Sie finden es sicher heraus.« Er lächelte ihr aufmunternd zu, und Lilly nickte stürmisch zurück.

»Ach. Und noch was. Die Fahndung nach Stanislaus läuft ja schon. Ohne Erfolg bisher. Aber ihn sollten wir nicht vergessen. Ich hab da so eine Idee, der ich gleich mal telefonisch nachgehen werde.«

An Humboldts Alleingänge hatten sich mittlerweile alle gewöhnt. Zu gegebener Zeit würde er ihnen schon mitteilen, was er herausgefunden hatte. Oder eben auch nicht.

Was war das? Eine Tür? Wie lange hatte sie geschlafen? War in der Zwischenzeit jemand hier gewesen? Und wo ist überhaupt hier? Amelie hatte Angst. Der Schlaf war so tröstlich. Sie hatte zwar nicht geträumt, aber sich irgendwie sicher gefühlt. Und jetzt? Sie hatte Durst. Und sie musste das lähmende Gefühl überwinden. Vorsichtig öffnete sie die Augen. Es war nicht mehr ganz so dunkel. Von irgendwo drang Licht herein. Allmählich gewöhnten sich ihre Pupillen an das Dämmerlicht. Behutsam setzte sie sich auf. Ihr wurde schwarz vor Augen. Langsam. Mit geschlossenen Lidern saß sie auf dem Bett und versuchte, zu Kräften zu kommen. Da war wieder das Geräusch. Sie erinnerte sich, dass sie es schon mal gehört hatte. Entschlossen öffnete sie die Augen. Es fiel ihr schwer, etwas zu erkennen. Alles schien so weit weg. Da. Schon wieder. Das war eindeutig ein Stöhnen. Oder ein Jammern. Amelie rutschte auf der Matratze bis ganz nach vorn. Krampfhaft umklammerten ihre Hände den Bettpfosten. Ihre Füße berührten den Boden, aber sie hatte Angst vor dem Aufstehen. Der Schwindel ließ den ganzen Raum kreisen. Ruhig atmen. Sie ermahnte sich zur Vorsicht. Dann würde es schon gehen. Ihre Knie drohten wegzukippen. Schnell hockte sie sich auf den Boden. Auf allen vieren und mit gesenktem Kopf tastete sich Amelie vorwärts. So war der Schmerz erträglich.

Als sie gegen etwas stieß, zog sie sich mühevoll daran hoch. Das Schwindelgefühl ließ sie nicht los. Alles um sie herum war verschwommen. Ein Bett. Da war noch ein Bett. Furcht überkam sie. Wer hatte vorhin gestöhnt? Sie zwang sich, genauer hinzusehen. Zögernd rutschte sie an das Kopfende. Warum sah sie nur so schlecht? Alles erschien ihr doppelt. Wieder ein Wimmern. Es war ganz nah, und sie hatte das Gefühl, die Stimme zu kennen. Mühevoll beugte sie sich über das Gesicht, das dort lag. Sie musste ganz nah herangehen, um irgendetwas zu erkennen. Sie blinzelte. Konnte das sein?

Montag, 7. Oktober, mittags

Gedankenverloren legte Humboldt den Hörer auf. Auch in dieser Richtung gab es kein schnelles Ergebnis. Und gerade das brauchten sie dringend. Oder wenigstens irgendeinen Anhaltspunkt.

Christin Weißenburg hatte ihm versprochen, die Fotos der drei Mädchen an ihren Kollegen in Teplice weiterzuleiten. Es bestand die Chance, dass mindestens zwei von Stanislaus angeworben worden waren. Auch wenn das nicht unbedingt zu Maria und den Umständen ihres Todes passte. Verzweifelt rieb sich Humboldt über die Augen.

Christin Weißenburg hatte ihm nicht viel Hoffnung gemacht. Angeblich waren in den letzten Wochen keine neuen Frauen dazugekommen. Trotzdem wollte sie versuchen, ihren Kollegen genauer zu befragen. Versprechen konnte sie nichts, da sie die bevorstehende Aktion nicht gefährden wollte. Morgen Abend wüssten sie ohnehin mehr, wenn hoffentlich alles glattgegangen, die Drahtzieher gefasst und die Mädchen befreit waren.

Eine Sache war jedoch sehr interessant. Stanislaus war tatsächlich nicht immer in Teplice. Im Gegenteil, er setzte sich regelmäßig abends ab und tauchte meistens erst am anderen Morgen wieder auf. Wo war er in der Zwischenzeit? Er musste Walli noch einmal anrufen, um sie danach zu fragen. Vielleicht hatte sie ihn mittlerweile zu Gesicht bekommen.

Humboldt griff erneut zum Hörer. Er musste Marc Vierhaus Bescheid geben, dass der später die Fotos der Mädchen mit seinem Smartphone verschickte. Außerdem wählte er Wallis Nummer. Vergebens. Eine Frau in ihrer Branche machte um diese Zeit sicher noch ihren Schönheitsschlaf.

Lara König steckte den Kopf zur Tür herein und klimperte mit ihrem Autoschlüssel. »Kann losgehen, Chef.«

Nicht schon wieder, dachte Humboldt. Diesmal wollte unbedingt er fahren. Sein Auto stand schließlich unten auf dem Parkplatz.

Lara König, die Humboldts Gedanken zu lesen schien, grinste. »Keine Angst. Es geht nur nach Wachwitz. Wenn wir Glück haben, erwischen wir Grün noch zu Hause. Er ist heute Abend bei einem Ärztekongress in Berlin angemeldet. Deshalb war er den ganzen Tag nicht in der Klinik. Bei den Grüns habe ich telefonisch niemanden erreichen können.«

Humboldt legte den Telefonhörer wieder weg. »Okay, ich fahre, und Sie rufen währenddessen bei Vierhaus an. Ich sage Ihnen gleich noch, warum.«

Beim Hinausgehen sah er, wie engagiert Lilly telefonierte und einen Zettel vollkritzelte. Ihre Wangen leuchteten rosa. Er hatte das Gefühl, dass er ihr ruhig ein bisschen mehr zutrauen konnte. Und das würde wahrscheinlich auch ihren Stand im Team verbessern. Lilly blickte auf, und Humboldt grüßte sie mit einem Lächeln. Dann verließen sie das Gebäude.

Die Fahrt nach Wachwitz war kurz. Trotzdem hatte er das erste Mal die Heizung im Auto angedreht. Es war doch merklich kühler geworden. Nur wenn die Sonne rauskam, spürte man noch einen Hauch von Spätsommer. Sie fuhren über das Blaue Wunder, die Pillnitzer Landstraße und weiter die Staffelsteinstraße hangaufwärts. Dass Humboldt eine Straße zu früh in das Villenviertel am Hang abgebogen war, machte die herrliche Aussicht auf die Elbe wieder wett. Wer hier wohnte, hatte es geschafft.

Endlich hielten sie vor Dr. Grüns Anwesen. Auch hier war nicht zu übersehen, dass Geld keine Rolle spielte.

Sie läuteten an einem riesigen Tor. Eine dunkelhaarige Frau mit einem Kleinkind auf dem Arm kam ihnen entgegen. Nachdem sie den parkähnlichen Garten betreten hatten, stellte Humboldt sich und Lara König vor. Ein Zucken durchfuhr die Frau, die sich als Grüns Ehefrau bekannt machte. Natürlich war Humboldt nicht entgangen, wie nervös Barbara Grün war. Sie wirkte beunruhigt und fragte sich, was die Polizei von ihr wollte. Diese Situation kannte Humboldt. Das kam häufiger vor. Trotzdem las er noch etwas anderes in der Mimik dieser Frau.

Während Lara König mit Barbara Grüns Tochter scherzte,

musterte er sein Gegenüber. Er hatte das Gefühl, dass er ihr schon einmal begegnet war. Er konnte sich aber keinen Reim darauf machen, wann es gewesen war. Hatte er sie vielleicht in der Klinik ihres Mannes gesehen? Seine Hirnzellen arbeiteten wie wild. Nichts.

»Frau Dr. Grün, wir müssen mit Ihrem Mann sprechen. Ist er zu Hause?« Lara König riss ihn mit dieser Frage aus seinen Gedanken. Er musste sich konzentrieren. Vielleicht kam er ja im Laufe des Gespräches darauf, wo er diese Frau schon einmal gesehen hatte.

»Nein, das tut mir leid«, erwiderte Barbara Grün. »Mein Mann ist schon gestern nach Berlin abgereist.«

»Gestern schon? Der Kongress ist doch erst heute Abend?« Humboldt hatte sich wieder im Griff.

Barbara Grün brauchte eine Sekunde, bevor sie antwortete: »Ja, das stimmt. Aber er fährt gern eher zu solchen Sachen. Maximilian sagt, dass er dann schon Kontakte knüpfen und Neuigkeiten mit Kollegen austauschen kann.«

Sie schien die Überraschung schnell überwunden zu haben. Oder hatte er sich das kurze Zögern nur eingebildet? »Frau Dr. Grün, haben Sie einen Moment Zeit? Nur für ein paar Fragen. Es dauert nicht lange«, fragte Humboldt.

Barbara Grün sah Richtung Haus, als ob sie dort jemand beobachten würde. »Hm, meine Schwiegermutter ist zurzeit da. Macht es Ihnen etwas aus, hier draußen zu bleiben? Wir können rüber zur Schaukel gehen. Dann ist Leni auch beschäftigt.« Sie zeigte in den hinteren Teil des Gartens.

Etwas verwundert nickte Humboldt. Welche Art Fragen erwartete sie? Wusste sie etwas von der ganzen Sache? »Was ist mit Ihrer Schwiegermutter? Warum darf sie unser Gespräch nicht mitbekommen?«, hakte Humboldt nach.

Nervös spielte Barbara Grün am Reißverschluss ihrer Jacke. »Ach, das ist eine lange Geschichte. Unser Verhältnis ist einfach nicht so gut. Es wird schon schwer genug werden, ihr zu erklären, warum Sie da waren.« Jetzt sah sie Humboldt und Lara König direkt an. »Warum sind Sie da? Hat Maximilian was angestellt?«

»Wie meinen Sie das?«

Fahrig schaute sie sich nach Leni um. Schnellen Schrittes ging sie zur Schaukel und schubste ihre Tochter an.

Humboldt und Lara König wechselten einen Blick.

»Frau Dr. Grün, war Ihr Mann in der letzten Zeit verändert? Vielleicht nervöser?«, wollte Lara König wissen.

»Wie kommen Sie darauf? Nicht dass ich wüsste. Wobei ich erklären muss, dass wir uns nicht so oft sehen. Häufig kommt er spät aus der Klinik, dann bin ich schon im Bett.« Barbara Grün schaute betreten in die Ferne. »Wir haben auch getrennte Schlafzimmer. Deshalb ...« Sie zuckte entschuldigend die Schultern.

»Fährt er häufiger zu solchen Kongressen wie jetzt in Berlin? Oder hat er sich mit Akten umgeben? Statistiken oder so etwas?«

»Was stellen Sie denn für Fragen? Sagen Sie mir jetzt endlich, was los ist?«

Humboldt nickte nachdenklich. Er überlegte, ob es sinnvoll wäre, sie einzuweihen. Auf jeden Fall war er auf ihre Reaktion gespannt. Also in die Offensive. »Wir sind der Annahme, dass Ihr Mann in eine Mordsache verwickelt ist. Ich weiß nicht, ob Sie von der Toten am Elbufer gehört haben. Es könnte sich dabei um, grob gesagt, Ärztepfusch handeln.«

Barbara Grün war blass geworden. Sie hielt sich am Schaukelgeländer fest.

»Frau Dr. Grün, geht es? Wollen Sie sich setzen?« Lara König griff nach ihrem Arm.

Sie machte sich los. »Es geht schon.« Noch immer rang sie um Fassung. »Wie kommen Sie darauf, dass mein Mann etwas damit zu tun hat?«

»Er kannte die Tote«, antwortete Humboldt.

Mit weit aufgerissenen Augen starrte sie ihn an. »Das ist unmöglich. Er kann sie nicht gekannt haben.« Sie schlug die Hand vor den Mund und taumelte zum Haus.

Nach ein paar Metern blieb sie abrupt stehen. Irgendetwas passierte mit ihr. Sie streckte ihren Rücken und atmete tief durch. Dann drehte sie sich langsam um. Die Veränderung in ihrem Gesicht war verblüffend. Humboldt konnte es nicht fassen. Was war denn in diesen paar Sekunden mit ihr passiert?

Barbara Grün kam lächelnd auf sie zu. »Er ist morgen Abend wieder zu Hause, denke ich. Sie können gern noch einmal vorbeikommen. Ich kann Ihnen da leider nicht weiterhelfen.« Sie nickte energisch. »Sie entschuldigen mich jetzt. Ich habe Leni versprochen, dass ich mit ihr auf den Spielplatz gehe.« Damit nahm sie ihre Tochter an die Hand und ging zügig zur Ausfahrt.

Das entwickelt sich ja prächtig, dachte Barbara. Leni zeterte an ihrem Arm, und sie zügelte ihre Schritte. Liebevoll strich sie ihr über den Kopf. »Wir sind gleich da, meine Maus.«

Auf dem Spielplatz lehnte sie immer noch lächelnd an der Rutsche und schaute ihrer Tochter zu. Wenn Maximilian diese Sache angehängt würde, dann wäre noch mehr Zeit, sich heimlich aus dem Staub zu machen. Morgen Abend würde ihn die Polizei mitnehmen. Dann bliebe nur noch ihre Schwiegermutter. Aber die würde wie üblich beim Fernsehen einschlafen und die ganze Nacht durchschlafen. Dank der K.-o.-Tropfen.

Ihren Job hatte sie auch beendet. Gestern war ihre letzte Nacht. Das kam zwar ziemlich plötzlich, aber es passte perfekt. Ihr Chef hatte ihr gestern den restlichen Lohn ausgezahlt und sie mit dem Schweigegelübde entlassen. Das stellte für sie kein Problem dar. Sie hatte sowieso nicht vor, irgendwem von dieser Sache zu erzählen.

Der Schock, als plötzlich die Polizei in ihrem Garten aufgetaucht war, steckte noch in ihren Gliedern. Sie hatte das alles so gut verdrängen können. Bis jetzt. Das Grauenvolle ergriff wieder Besitz von ihr. Aber das durfte nicht sein. Sie brauchte ihre ganze Kraft für die bevorstehende Flucht. Sie musste es später verarbeiten. Jetzt ging es nur noch um ihre Sicherheit und die ihrer Tochter.

Humboldt und Lara König saßen im Auto vor dem Anwesen der Grüns und ließen das Gespräch Revue passieren.

»Aus dieser Frau werde ich nicht schlau. Weiß sie irgendetwas? Und warum war sie erst so schockiert und tat keine zwei Minuten später, als ob nichts passiert wäre? Ist doch komisch, oder?« Verwirrt zog Lara König die Stirn kraus.

Humboldt nickte nachdenklich. »Ich habe das Gefühl, dass ich sie schon einmal gesehen habe.« Er schaute aus dem Fenster. »Und Sie? Ist sie Ihnen vielleicht in der Müglitztalklinik aufgefallen? Das wäre die einzige Möglichkeit, bei der wir ihr hätten begegnen können. Oder?« Grübelnd trommelte er mit den Fingern auf das Lenkrad.

Bevor Lara König antworten konnte, klingelte es in Humboldts Jackentasche. Als er sah, dass der Anruf von Lillys Apparat im Kommissariat kam, stellte er das Telefonat laut.

»Lilly, was gibt's?« Ruhe am anderen Ende der Leitung. Er musste sich erst an Lillys Schüchternheit gewöhnen.

»Ähm, Herr Humboldt, also ich habe da etwas rausbekommen bei meinen Recherchen.« Anscheinend hatte sich Lilly von der bellenden Begrüßung erholt.

»Okay, wir sind ganz gespannt. Lara hört übrigens auch mit«, versuchte es Humboldt mit freundlicher Stimme.

Lara König schaute ihn amüsiert an.

»Oh, gut.« Lilly räusperte sich. »Also, ich habe zuerst bei diesem Bundesamt angerufen. BfArM heißt das abgekürzt. Warten Sie … hier … Bundesinstitut für Arzneimittel und Medizinprodukte. Die überwachen quasi die Arzneimittelsicherheit und sind auch für die Zulassung neuer Medikamente zuständig. Beim BfArM ist kein formelles Schreiben zur Genehmigung einer Studie, die zu unserem Fall passen könnte, eingegangen. Allerdings waren sie etwas irritiert, weil ich mich nicht detaillierter ausdrücken konnte.« Lilly klang deprimiert. »Tut mir leid, Chef, aber das konnte ich nun wirklich nicht. Ich habe doch von so was keine Ahnung.«

»Ist schon okay. Sie haben das rausbekommen, was wir schon vermutet hatten. Also alles richtig gemacht.« Humboldt wollte schon auflegen, als ihm einfiel, dass er sich besser ordentlich von Lilly verabschieden sollte. »War's das? Ansonsten machen wir hier weiter.«

»Moment. Also ich habe von diesem Herrn vom Bundesinstitut noch zwei Telefonnummern bekommen, da hab ich auch schon angerufen.«

»Und?«

»Nichts. Weder bei der Europäischen Arzneimittel-Agentur, kurz EMA, noch beim Paul-Ehrlich-Institut, das ist das deutsche Bundesinstitut für Impfstoffe und biomedizinische Arzneimittel. Dort sollten auch derartige Zulassungen beantragt werden. Sind sie aber nicht.«

»Dann deutet es doch auf eine illegale Studie hin. Dazu passt natürlich auch eine entsorgte Leiche besser«, warf Lara König ein. »Ob es wohl bei den legalen Studien auch Tote gibt? Davon kriegt man nie etwas mit.«

»Okay, Lilly, danke! Haben Sie von den Kollegen schon etwas gehört?«, wollte Humboldt wissen.

»Nein, aber Eileens Vermieter ist gerade da, und Stein spricht mit ihm.«

»Ach, Lilly, noch etwas. Finden Sie bitte heraus, auf welchem Kongress Dr. Grün heute Abend ist. Sie rufen einfach in der Müglitztalklinik an und sprechen mit Frau Zander. Es könnte sein, dass sich unser Herr Doktor nur ein Alibi verschaffen musste. Das sagen Sie ihr natürlich nicht. Er müsste gestern schon im Hotel …« Er blickte Lara König fragend an. Diese faltete einen Zettel auseinander und hielt ihn Humboldt vor die Nase. »Okay, es ist das Concorde. Kann natürlich sein, dass der Kongress im selben Hotel ist. Wir müssen wissen, ob er sich seit gestern dort aufhält. Wenn Sie die Info haben, soll Stein mich anrufen.«

Sie hörten das Bleistiftgekritzel am anderen Ende. Als Ruhe eintrat, nickte Humboldt und sagte mit sanfter Stimme: »Danke, Lilly, und bis später dann.« Er startete den Wagen und aktivierte das Navi. Die Schneider Pharma AG lag in Wilschdorf. Und dort kannte er sich gar nicht aus.

Grinsend schnallte sich Lara König an.

»Was?«, fragte Humboldt.

»Ach nichts.« Sie schaute immer noch schmunzelnd aus dem Fenster.

»Das gehört zum Teambuilding. Ich bin schließlich für alle meine Schäfchen zuständig«, rechtfertigte sich Humboldt.

»Mäh«, konnte sich Lara König nicht verkneifen.

Die Dämmerzustände dauerten immer länger an. In den Phasen, in denen sie wach war, versuchte sie, aufzustehen. Aber der Schmerz in den Schläfen brannte so bohrend, dass sie kaum den Kopf heben konnte. Auch neben ihr wurden die Bewegungen seltener. Amelie lauschte. Noch konnte sie ein flaches Atmen hören. Oft jedoch ging es in leises Stöhnen über.

Mit ihrer Hand suchte sie nach der neben ihr. Amelie wollte Trost spenden. Irgendwie. Sie versuchte, die Hand zu streicheln. Sie spürte die leblosen Finger. Knochig, irgendwie tot. Ihre Kraft ließ schnell nach, und so hielt sie die andere Hand einfach fest. Immerhin, sie war nicht allein.

Immer wieder ließ ihr Unterbewusstsein Gedankenblitze zu. Amelie versuchte, sie zu erfassen, sie zu verbinden. Es gelang ihr nicht mehr. Ihr Großvater tauchte in ihren Phantasien auf. Lächelte ihr zu. Streckte ihr seine Hand entgegen. Sie wollte sie greifen. Bitte, nimm mich mit. Plötzlich war alles voller Wasser. Der Großvater verschwand. Sein Gesicht verblasste. Sie sank immer tiefer in die Fluten, nahm nur noch einen kleinen hellen Fleck an der Wasseroberfläche wahr. Luft. Sie musste Luft holen.

Amelie schreckte aus ihrem Traum auf. Nur noch schwach nahm sie Geräusche wahr. Irgendetwas schien sich am anderen Ende des Zimmers zu bewegen. War dort jemand? Noch jemand? Wer? Warum? Dämmern.

Der Lärm in ihrem Kopf wurde unerträglich. Sie versuchte, die Lider zu öffnen. Grelles Licht. Ihre Augen brannten. Plötzlich ein stechender Schmerz im Bein. Ein Biss? Eine Spritze? Irgendjemand zog an ihr. Ihre Füße schlugen auf dem Boden auf. Loslassen! Sie versuchte, sich aus der Umklammerung zu winden. Der Arm. Was war mit dem Arm? Sie fühlte nichts mehr. Nur noch dumpfe Schmerzen. Unerträglich! Bitte … Nicht … Während sie das Gefühl hatte, weggeschleppt zu werden, erlöste sie die Bewusstlosigkeit von ihrer Qual.

Montag, 7. Oktober, abends

Humboldt saß in einem bequemen Sessel im Empfangsbereich der Schneider Pharma AG. Lara König wollte ein bisschen Luft schnappen und spazierte um den Komplex herum. Nachdem ihnen gesagt wurde, dass Helmut Schneider, der Inhaber der Firma, noch in einer Besprechung sei, hatte auch Humboldt kurz überlegt, sich etwas die Beine zu vertreten. Andererseits sehnte er sich nach einer Tasse Kaffee und einem ruhigen Plätzchen zum Nachdenken.

Er versuchte, seine Gedanken zu ordnen. Von Christin Weißenburg hatte er noch nichts gehört. Immerhin hatte er Walli mittlerweile erreicht. Sie war ganz aufgeregt und erzählte in ihrem breiten Sächsisch, dass Stanislaus gestern Abend unerwartet in ihrem Etablissement aufgetaucht sei. Er hatte ziemlich viel getrunken und irgendwie deprimiert gewirkt. Irgendwann hatte er dann was von Nachschub gefaselt und dass alles schiefgehen würde. Mehr war nicht aus ihm herauszubekommen. Humboldt hatte Walli seine Nummer gegeben, damit sie ihn in Zukunft direkt erreichen konnte. Er ärgerte sich, dass er nicht früher daran gedacht hatte. Humboldt hatte sich artig bedankt. Mit ihr wollte er es sich nicht verscherzen. Da alle Kollegen beschäftigt waren, hatte Humboldt Noacks Hilfe angefordert. Noack war hocherfreut, endlich helfen zu können, und bot an, das Ganze zu koordinieren. Vielleicht hatten sie Glück, und Stanislaus tauchte tatsächlich am Abend wieder bei Walli auf. Dann würde er ihnen nicht mehr entkommen.

Allmählich ergriff ihn diese kribbelnde Anspannung, die er immer verspürte, wenn er der Lösung ganz nah war. Aber war er das wirklich? Was spielte Grün für eine Rolle? Ihm traute er auf jeden Fall so eine Forschungssache zu. Als Schönheitschirurg traf er bestimmt immer wieder Frauen, die mit ihrem Aussehen haderten. Nasenkorrekturen, Brustvergrößerungen, Unterspritzen von Falten … warum also nicht auch übergewichtige Damen, die schlank werden wollten? Vielleicht hat Grün ein Diätmittel getestet. Oder sogar erfunden. Schiefgehen durfte bei einem solch erfolgreichen Arzt sicher nichts. Einen Skandal würde sich der werte Herr Doktor sicher nicht leisten können. Das wäre das Aus für seine Klinik im Müglitztal. Dann wäre es vorbei mit seinem Porsche und mit der schönen Villa in Wachwitz. Beim Gedanken an die Grün'sche Villa kam ihm erneut das eigenartige Verhalten von Barbara Grün in den Sinn. Merkwürdig. Vielleicht hatte sie zu wenig soziale Kontakte und war deshalb so … so … Er rieb sich mit den Händen über das Gesicht. Wie war sie denn? Was hatte er denn jetzt für Machogedanken? Nur weil eine Frau nicht berufstätig war, musste sie nicht automatisch komisch sein. Apropos, vielleicht war sie ja gar nicht nur zu Hause. Er hatte nicht danach gefragt. Was, wenn sie mit ihrem Mann unter einer Decke steckte? Sie konnte ihnen ja einen Bären aufgebunden haben, als sie die Sache mit den getrennten Schlafzimmern erzählte. Und die angebliche Schwiegermutter? Vielleicht war nicht die im Haus, sondern Grün selbst, und der konnte sich jetzt in aller Ruhe aus dem Staub machen.

Humboldt schnappte sich sein Handy und rannte hinaus zu Lara König, die gerade von ihrem Rundgang zurückkam. »Was, wenn der Grün im Haus war und nicht die Schwiegermutter?«, rief er ihr schon von Weitem zu.

Sie stockte und nickte dann heftig. »Dann wären wir zwei Deppen einfach wieder abgefahren und hätten ihm den Weg zur Flucht freigemacht.«

»Lara, rufen Sie Stein an. Der soll alle verfügbaren Männer zusammenkratzen und zu Grüns Villa fahren. Lassen Sie sich hier abholen. Oder rufen Sie sich ein Taxi. Sie müssen mit hin, Sie kennen das Anwesen schon ein bisschen.«

Sie war schon auf dem Weg zum Ausgang des Geländes und drehte sich im Laufen noch einmal um. »Und Sie, Chef? Bleiben Sie hier? Meinen Sie, das bringt hier was?«

Humboldt überlegte. Wenn Grün der Täter war, konnte ihnen Wiesinger gestohlen bleiben. Und wenn nicht? »Ich habe keine Ahnung, aber was, wenn es doch nicht Grün ist? Ich versuche, hier Druck zu machen. Es muss doch möglich sein, den Schneider mal aus seiner Sitzung zu bekommen. Nehmen Sie die Leitung in die Hand. Und halten Sie mich auf dem Laufenden.« Humboldt ging zügig zum Eingang der Pharmafirma.

Kurz darauf saß er mit knurrendem Magen immerhin schon im riesigen Arbeitszimmer von Helmut Schneider. Er sah auf seine Uhr. Schon nach sieben. Und noch immer ließ Schneider auf sich warten.

Nachdem Stein sich auf Humboldts Handy gemeldet hatte, war dieser ruhiger geworden. Die Aktion lief. Auch Stein war mit an Bord. Blieb abzuwarten, was dabei herauskam. Inzwischen war er fast sicher, dass Barbara Grün ihnen etwas verheimlicht hatte. Obwohl ihm noch immer nicht einfiel, woher er ihr Gesicht kannte. Seine Kollegen sollten sie mit aufs Revier nehmen. Selbst wenn Grün nicht in der Villa sein sollte.

Aus Eileens Vermieter hatte Stein auch nicht viel herausbekommen. Wenigstens hatten Eileens Eltern ein Bild per Mail geschickt. Sie waren schon auf dem Weg von London nach Dresden. Da Eileens Mutter panische Flugangst hatte, kamen sie mit dem Auto über den Kanal. Äußerlich passte Eileen in das Schema. Wie Asha war auch sie ziemlich korpulent und kam aus dem Ausland.

Mitten in Humboldts Gedanken stürzte ein kräftiger älterer Herr mit Halbglatze in den Raum. »Helmut Schneider. Was kann ich für Sie tun?«, fragte er mit tiefer Bassstimme. Schneider lächelte höflich beim Händeschütteln und setzte sich in seinen Bürosessel.

»Mein Name ist Humboldt, von der Mordkommission.« Er zeigte seinen Ausweis. »Wir ermitteln im Mordfall der Toten am Elbstrand. Haben Sie schon davon gehört?«, fragte Humboldt.

»Ja, ja, armes Ding.« Schneider schien ehrlich betrübt zu sein. »Wie kann ich Ihnen da helfen?«

»Ein Jogger, der im Moment in Wiesingers Sportinstitut aufgepäppelt wird, hat die Leiche gefunden. Im Zusammenhang mit Wiesinger sind wir auf Ihre Firma gestoßen. Es gab da vor Jahren einige Ungereimtheiten beim Weggang von Herrn

Dr. Wiesinger.« Humboldt war nicht entgangen, dass Schneider die Augenbrauen gehoben hatte, als der Name Wiesinger gefallen war.

»Der Wiesinger, tja, der ist mein ganz spezieller Freund. Glauben Sie, dass er etwas mit dem Tod des Mädchens zu tun hat?«

»Würden Sie es ihm zutrauen?«, fragte Humboldt nach.

»Na, das ist eine sehr hypothetische Frage. Kann man das überhaupt jemandem zutrauen?« Schneider ließ nachdenklich die Kugelschreibermine schnappen. »Aber Sie haben recht. Dem Wiesinger würde ich einiges zutrauen. Aber Mord …« Er zuckte die Schultern.

»Herr Schneider, es sind noch weitere Mädchen verschwunden. Wir vermuten, dass es vielleicht um ärztliche Kunstfehler gehen könnte.« Humboldt sah Schneider eindringlich an. »Bitte, was war damals mit Wiesinger?«

»Sie meinen, es fehlen noch mehr Mädchen …?« Schneider wirkte erschüttert. Er setzte sich aufrechter hin und räusperte sich. »Wiesinger war ein kompetenter und sehr geschätzter Kollege. Ich hatte vollstes Vertrauen zu ihm. Er hat hier in unserem Unternehmen Arzneimittelstudien als Studienleiter überwacht. Die wichtigsten Projekte gingen über seinen Tisch, und alle Fäden liefen bei ihm zusammen. Jeden Montag haben wir zusammengesessen und über den Fortschritt der Studien gesprochen. Ich hätte damals nie vermutet, dass er uns … dass er *mich* mal so hintergehen würde.« Enttäuscht sah Schneider zum Fenster.

Mittlerweile wurde es dunkel, und Humboldt konnte Schneiders Spiegelbild im Fensterglas sehen. Humboldts Handy piepste. Grün war nicht in der Villa, war aber bisher auch nicht in seinem Berliner Hotel aufgetaucht. Wo war er also letzte Nacht gewesen? Beim Kongress war er angemeldet, doch bisher nicht erschienen.

»Inwiefern hatte er Sie hintergangen?«, hakte Humboldt nach.

Schneider holte tief Luft und fuhr fort: »Es liefen einige Routinestudien zu Medikamenten, die es bereits auf dem Markt gab, die aber verbessert werden sollten. Wiesinger war an einer Studie beteiligt, bei der es um ein Nahrungsergänzungsmittel ging.« Schneider drehte sich wieder Humboldt zu. »Die Studie lief hervorragend. Alles nach Plan. Die erwünschten Ergebnisse stellten sich ein.«

»Was bewirkte dieses Mittel?«, wollte Humboldt wissen.

»Es war angereichert mit Vitaminen, Mineralien, Omega-3-Fettsäuren, Coenzymen, Ölen und so weiter. Das Besondere war die ausgeklügelte Mischung aller Wirkstoffe. Mit diesem Mittel sollte das Immunsystem gestärkt werden. Unter anderem, weil es sich positiv auf den Säure-Basen-Haushalt ausgewirkt hat. Aber, und das war auch ein Knackpunkt in der Testreihe, der Stoffwechsel wurde zu stark angekurbelt. Einige der Probanden litten an Diarrhö bis hin zum Reizdarm.«

»Durchfall?«, fragte Humboldt nach.

»Ja, Durchfall«, antwortete Schneider.

»Okay, und was hat das jetzt mit Wiesinger zu tun?«

Schneider nickte nachdenklich. »Nachdem die Dosis des Testmittels richtig eingestellt war, waren auch die Nebenwirkungen behoben. Die Probanden hatten innerhalb von zehn Wochen wesentlich bessere Blutwerte als zu Beginn. Sprich: Die roten Blutkörperchen wurden vermehrt festgestellt. Und die sind ja bekanntermaßen für die Aufnahme von Sauerstoff und folglich für Konzentration und Leistungsfähigkeit verantwortlich.«

Humboldt sah auf sein Handy. Schon wieder hatte er eine Nachricht bekommen. Diesmal mit dem Hinweis, dass seine Kollegen Barbara Grün ebenfalls nicht in der Villa angetroffen hatten. Dafür aber eine außerordentlich tief schlafende ältere Dame. Nachdem diese auf nichts reagiert hatte, hatten sie den Notarzt gerufen. Sie wurde ins Krankenhaus gebracht. Ein Weinglas hatte Stein sichergestellt und Richter zur Spurensicherung gerufen. Irgendetwas stimmte hier nicht. Vielleicht hatten sich die Grüns gemeinsam abgesetzt.

»Herr Schneider, könnten Sie bitte zum Punkt kommen? Ich werde dringend von meinen Kollegen erwartet.«

Schneider schien etwas verärgert. »Sie müssen sich schon die Zusammenhänge anhören.« Er strich sich mit der Hand über seine Glatze und fuhr fort: »Ich war damals in dem festen Glauben, dass alles gut lief. Wir wollten die Studie zur Sicherheit noch ein paar Wochen verlängern. Schließlich gab es ja diese Anfangsschwierigkeiten mit der Dosierung. Eines Tages jedoch kam Wiesinger in mein Büro. Er hatte jede Menge Unterlagen dabei. Statistiken, Tabellen, schriftliche Ausführungen. Alles bezog sich auf ebenjenes Nahrungsergänzungsmittel. Angeblich hätten die Probanden nach circa fünfzehn Wochen wieder an diesen Symptomen gelitten. Er hatte alles genau dokumentiert. An eine noch niedrigere Dosierung war nicht zu denken.« Schneider faltete die Hände vor seinem Bauch und schüttelte ungläubig den Kopf.

»Wir mussten die Studie abbrechen. Die Sponsoren waren stinksauer und drohten mit Klage. Das ganze Team war enttäuscht, und ich ...« Er ließ resigniert die Arme auf die Sessellehnen fallen. »Ich war nicht nur finanziell gesehen um einiges leichter, uns hätte damals auch das neue Mittel gut zu Gesicht gestanden. Wir hatten schon eine Weile kein so vielversprechendes Medikament mehr auf den Markt gebracht.«

Humboldt überlegte. »Und daraufhin haben Sie Wiesinger entlassen?« Er war irritiert. Was war denn nun faul an der Sache?

»Entlassen? Hätte ich das bloß vorher getan.« Schneider war mit einem Mal sehr aufgebracht. »Er ist einfach gegangen. Kurz nachdem wir die Studie gekippt hatten, kam er in mein Büro und erzählte mir davon, dass er schon immer ein eigenes Sportinstitut aufmachen wollte. Und dass jetzt die große Chance für ihn gekommen war. Was für ein Unsinn.«

»Wieso Unsinn? Das hat er doch dann auch gemacht.«

»Ja, aber erst Jahre später. Ich konnte mir auf seinen überstürzten Abgang keinen Reim machen. Jedenfalls damals nicht.« Schneider winkte müde ab. »So richtig erklären kann ich es mir noch immer nicht. Er hatte dadurch doch keinen Vorteil. Was wollte er mit den Informationen in seinem Sportinstitut anfangen?«

»Was wollte er womit anfangen?« Allmählich verlor Humboldt den Überblick.

»Also. Vor circa zwei Jahren kam ein junger Mitarbeiter zu mir. Er hatte damals als Student unter Wiesinger gearbeitet.

Jedenfalls hatte ihm der Abbruch der Studie keine Ruhe gelassen. Er bat darum, sich die Unterlagen noch einmal genau ansehen zu dürfen. Auf den ersten Blick sah alles geradlinig aus. Die Probanden, die Messungen, die Ergebnisse. Aber irgendwann gab es einen Knick. Ohne erkennbaren Grund wurden die Ergebnisse schleichend schlechter. Bis sie so schlecht waren, dass wir abbrechen mussten. Dieser Mitarbeiter von damals war aufgrund seines Studiums nicht immer in der Firma. Er war der Meinung, dass tatsächlich etwas nicht stimmte, und wollte herausfinden, was es war. Er hatte sich das Thema für seine Dissertation auserkoren, also tauchte er wieder tiefer in die Materie ein.«

»Und dann? Haben Sie Wiesinger zur Rede gestellt? Mit diesen Anschuldigungen könnten Sie ihn vor Gericht bringen.«

»Wenn wir beweisen könnten, dass er die Studie manipuliert hatte, ja. Können wir aber nicht. Bei ihm liefen damals alle Fäden zusammen. Und ich Esel habe ihm blind vertraut und nicht bemerkt, dass er die Ergebnisse einfach gefälscht hatte.« Resigniert schaute Schneider jetzt direkt zu Humboldt.

Humboldt war ratlos. Was sollte er jetzt mit den Informationen anfangen?

»Es gab noch ein paar Unstimmigkeiten. Wir haben in der Zeit unser Labor umgebaut. Auch im Hinblick auf das neue Produkt wurde der Trakt vergrößert. Und natürlich neue Geräte angeschafft. Immer wieder hatten wir Divergenzen bei den Bestellungen und den Lieferungen. Obwohl uns die Lieferanten versicherten, sich genau an die Auftragsbestätigung gehalten zu haben. Leider ging das Ganze in der Enttäuschung über die geplatzte Studie unter. Auch das kam erst mit unserem engagierten Mitarbeiter wieder auf den Tisch.«

Humboldt krauste die Stirn. »Sie meinen, Wiesinger hatte nicht nur die Studie gefälscht, sondern auch noch Gerätschaften mitgehen lassen?«

»Er war oft der Letzte im Büro.« Schneider zuckte die Schultern. »Aber das alles ist zu lange her, um es nachzuvollziehen. Außerdem haben wir das Nahrungsergänzungsmittel wieder in unseren Studienplan aufgenommen. Sponsoren sind schon gefunden. Also, was soll's.«

»Was könnte Wiesinger mit den Informationen anfangen? Könnte er selbst dieses Mittel patentieren lassen?«, fragte Humboldt nach.

»Das könnte er. Aber dann wären wir natürlich zur Stelle und würden es genau untersuchen. Und sollte sich herausstellen, dass das Mittel die gleichen Stoffe beinhaltet, würden wir ihn verklagen. Aber glauben Sie mir, dazu habe ich keine Lust. Na ja, bisher hat er ja auch nichts unternommen.«

Humboldt fasste die Geschichte noch einmal zusammen: »Also, Wiesinger war Mitarbeiter bei der Schneider Pharma AG. Er hat eine Studie betreut, die Ergebnisse gefälscht, Equipment geklaut und sich aus dem Staub gemacht. Richtig?«

»Kurz gesagt: ja«, antwortete Schneider.

»Aber aus welchem Grund?« Noch immer konnte sich Humboldt die Sache nicht erklären. »Was hat er davon?« Das Handyklingeln schreckte Humboldt aus seinen Gedankengängen. Er wollte es schon ignorieren, sah aber, dass es Lara Königs Nummer war.

»Was? Haben Sie was gefunden?«, blaffte er in den Hörer. Er ärgerte sich, dass er den Faden, den er mit Schneider gesponnen hatte, wieder neu aufnehmen musste.

Lara König schrie vor Aufregung in den Hörer, sodass Humboldt das Handy ein Stück weghalten musste. »Lara, langsam! Ich verstehe gar nichts.« Er hörte eine Weile zu und nickte immer hektischer. »Barbaras halber Kleiderschrank leer? Ja und …? Die hat Medizin studiert …? Aber kann sie allein …« Humboldts Hirnzellen arbeiteten auf Hochtouren, während Lara König weiter in den Hörer schrie. »Okay, passen Sie auf. Die Kriminaltechnik soll sich beeilen. Vielleicht waren wir wirklich auf der falschen Fährte. Was, wenn nicht Dr. Grün, sondern Barbara Grün da mit drinhing? Ich komme gleich dorthin.«

Er schnaufte tief durch und schaute den entgeisterten Schneider an. Er spürte, dass er einen wichtigen Punkt in seinem Kopf festhielt. Was war es noch? Die Studie von damals. Was hatte ihn vorhin so irritiert? Plötzlich fügten sich alle Puzzlesteine zusammen. »Sie sagten, die Nebenwirkungen waren Durchfall und Darmreizung.« Schon als er es aussprach, wusste er, dass er auf dem richtigen Weg war. Hatte Maria nicht auch einen gereizten Darm? Aufgeregt sprang Humboldt von seinem Stuhl auf. »Gab es noch mehr Nebenwirkungen? Zum Beispiel Gewichtsverlust?«

Schneider nickte. »Das ist eine logische Folge von Durchfallerscheinungen. In diesem Fall war es sogar so, dass die Gewichtsabnahme in keinem Verhältnis zur Mitteleinnahme stand. Erst als wir die Dosierung reguliert hatten, waren diese Probleme verschwunden.« Irritiert schaute Schneider den hektisch umherlaufenden Humboldt an. »Herr Humboldt?«

»Gleich. Warten Sie. Geben Sie mir eine Sekunde.« Abrupt blieb er stehen. »Eine letzte Frage habe ich noch: Woraus bestand dieses Mittel? Ich meine, war das eine Art Milchdrink?« Das erstaunte Nicken von Schneider nahm Humboldt nur noch vage beim Hinausrennen wahr. Im Grunde kannte er die Antwort.

Er stand mit Koffer und Laptoptasche an der Bushaltestelle. Alles war einfacher als gedacht verlaufen. Er hatte mit dem Bolzenscheider den Maschendrahtzaun aufgeschnitten. Das Auto stand schon bereit. Nur noch die Handbremse lösen, und weg war sein Schmuckstück. Nebst Inhalt. Die Nachbarn haben's nicht gerafft. Eine Liedzeile kam ihm in den Sinn. Alle Wohnbereiche waren nach hinten raus. Vorn zur Straße hin schotteten die protzigen Garagen das traute Heim ab.

Gleich müsste das Taxi um die Kurve biegen. Natürlich fuhr er nicht mit dem Bus, das dauerte viel zu lange. Und wenn sie je herausbekommen sollten, wohin er mit dem Taxiunternehmen gefahren war, war es zu spät. Dann würde er schon längst im Flieger sitzen. Der späteste Flug, mit dem er Dresden verlassen konnte, ging um einundzwanzig Uhr zehn nach Basel. Dementsprechend hatte er seine Aktion zeitlich akribisch planen müssen. In der Hoffnung, dass die Anwohner nicht genau um diese Uhrzeit von der Arbeit nach Hause kamen. Aber anscheinend hatte niemand etwas mitbekommen. Und wann sie es bemerken würden, stand in den Sternen. Er hatte es getestet. Von der Straße aus war nichts zu sehen.

In Basel würde er eine Nacht auf dem Flughafen rumdümpeln und am nächsten Morgen die erste Maschine nehmen. Mit zwei Zwischenstopps würde er am nächsten Tag um neun Uhr zehn an seinem Ziel sein.

Er nahm die Laptoptasche hoch und hielt sie wie ein Baby im Arm. Was enthielt sie doch für Schätze. Er musste lächeln. Ein teuflisches Lächeln. Noch immer konnte er nicht glauben, dass alles glattgegangen war. Natürlich hätten einige Dinge nicht passieren dürfen, aber für ihn zählte nur das Ergebnis. Und das war einfach grandios. Nach ihm werden sie sich die Finger lecken. Mit dieser Erfindung hatte er für immer ausgesorgt. Endlich hatte er das Sagen. Endlich gab es nicht wieder andere, die die Lorbeeren einheimsten. Diesmal nicht. Diesmal stand er ganz oben. Er würde Interviews geben und in Talkshows darüber sprechen.

Er zog eine Grimasse. Nein, das konnte er natürlich nicht. Das Lächeln erstarb endgültig. Aber er würde nicht aufgeben. Der Anfang war gemacht. Jetzt hatte er den Fuß im ganz großen Geschäft. Und wenn irgendwann Gras über die Sache gewachsen sein würde, dann würde seine große Stunde kommen. Bis dahin machte er sich ein schönes Leben. Vor allem musste er sich nicht mehr mit solchen Idioten abgeben.

Das Licht der Autoscheinwerfer blendete ihn. Noch so ein Idiot. Egal. Er straffte die Schultern und setzte sich freundlich lächelnd auf den Beifahrersitz.

Marc Vierhaus war gerade dabei, den letzten der drei Ordner, die er aus Amelies Zimmer mitgenommen hatte, zu durchforsten. Es war anstrengend, aber auch interessant, in ein anderes Leben abzutauchen. Diese Amelie schien eine eindrucksvolle Persönlichkeit zu sein. Und attraktiv war sie obendrein. Schon allein die Tatsache, dass sie aus Paris stammte, fand Marc Vierhaus irgendwie anziehend. Er stellte sich ihren französischen Akzent vor, ihr Lächeln, das er auf einigen Fotografien entdeckt hatte. Ja, diese Frau gefiel ihm. Ob sie wohl auf Polizisten stand? Gerade als er sich genüsslich zurücklehnte, um kurz seiner Phantasie Platz zu machen, riss ihn Stein aus der Tagträumerei.

»Vierhaus, auf geht's. Genug gepennt. Der Chef hat da was.« Grinsend hielt sich Stein am Türrahmen fest.

»Wohl einen Spaßvogel gefrühstückt. Ich kämpfe mich hier schon den ganzen Tag durch die Berge von Unterlagen«, antwortete Marc Vierhaus leicht errötend.

»Stimmt, sah extrem nach Kampf aus.« Umständlich und mit einem Lächeln auf den Lippen drehte sich Stein zum Gehen um.

Gerade als Marc Vierhaus Amelies Jobordner schließen wollte, nahm er einen vertrauten Schriftzug wahr. »Stein, warten Sie mal.« Hastig blätterte er in den Papieren.

»Jetzt kommen Sie, die warten schon alle auf uns.«

»Nein. Da ist etwas. Gleich!« Hatte er sich das Ganze nur eingebildet? Er hatte doch eindeutig diesen Namen gelesen. »Hier!« Er fischte ein A4-Blatt aus dem Ordner. »Das gibt's doch nicht. Das ist ein Vertrag. Ein Arbeitsvertrag.«

Hinkend mühte sich Stein zum Schreibtisch. Er hatte die Krücke an der Tür stehen lassen. »Was ist damit?«, wollte er wissen.

»Na schauen Sie mal, wer der Arbeitgeber von Amelie Legrand ist.« Marc Vierhaus atmete tief durch. »Ich denke, die ist Studentin und hat für eine Modezeitschrift als Fotografin gearbeitet? Wie kommt sie denn jetzt dazu?«

»Die hat bei Wiesinger gearbeitet?« Auch Stein war wie vor den Kopf geschlagen. »Hätten wir das bloß früher gewusst. Hat denn niemand mehr nachgefragt … Ach, ist nun auch egal.« Diesmal humpelte er zügiger zur Tür hinaus. »Genau dorthin hat uns Humboldt bestellt. Marc, wir sind ganz nah dran.«

Mit Vollgas fuhr Humboldt in die Stadt. Immer noch unsicher, welcher Theorie er folgen sollte, bog er letztendlich doch Richtung Elbe ab. Da seine Kollegen Barbara Grün nicht in der Villa angetroffen hatten, entschied er sich für das Sportinstitut. Wenn das die richtige Spur war und wenn diese Diätsache die Ursache für das Verschwinden der Mädchen war, hatten sie vielleicht noch eine Chance, sie lebend zu finden. Er hatte Richter per Handy Bescheid gegeben, sich schnell in der Villa umzusehen. Falls sie jetzt bei Wiesinger die Kriminaltechnik brauchten, mussten eben mehr Leute her.

Als Humboldt im Körnerweg in der Nähe des Sportinstituts eintraf, sah er von Weitem seine Kollegen.

»Ich habe das SEK alarmiert. Aber die brauchen noch eine Weile. Was sollen wir machen?« Stein stützte sich auf seine Krücke.

»Wir machen jetzt mal gar nichts. Was ich heute über diesen Wiesinger erfahren habe, lässt vermuten, dass er ein ziemlich unangenehmer Typ ist«, sagte Humboldt.

»Ich denke, du kennst ihn? Hast du nicht schon mit ihm gesprochen?«, fragte Stein.

»Hm, schon. Er war mir auch wirklich unsympathisch. Konnte ja keiner ahnen, dass er vielleicht hinter …« Humboldt schüttelte den Kopf und schaute zum Blauen Wunder, ob das SEK schon zu sehen war.

»Noch wissen wir gar nichts«, sagte Stein. »Aber du hast recht. Spätestens als Vierhaus in Amelies Ordnern einen Hinweis gefunden hatte, dass sie im Sportinstitut arbeitete, war uns klar, dass Wiesinger irgendwie mit drinhängt.«

Humboldt erzählte seinen Kollegen, was er über den ehemaligen Studienleiter in Erfahrung gebracht hatte.

Vom SEK war noch immer nichts zu sehen. Stattdessen tauchte Lara König wie aus dem Nichts auf. Schwer atmend stützte sie ihre Hände auf den Knien ab.

»Ein Abendläufchen gemacht?«, wollte Marc Vierhaus wissen.

»Könnte dir auch nicht schaden«, antwortete sie immer noch schnaufend.

Marc Vierhaus strich sich verschämt über seinen kleinen Bauch.

»Könnt ihr nicht wenigstens jetzt mal aufhören zu zanken?«, fragte Stein. »Wie im Kindergarten.«

»Schon gut. Chef, ich habe die Großfahndung nach Barbara Grün rausgegeben. Alle Bahnhöfe werden überwacht. Der Flughafen natürlich auch. Fotos von ihr wurden an alle Dienststellen gemailt. Sie könnte natürlich auch mit dem Auto unterwegs sein. Wir müssten gleich eine Nachricht bekommen, was für einen Wagen sie fährt.« Sie hatte sich inzwischen erholt und stand wieder aufrecht.

»Ein weißer Audi TT wäre gut. Dann hätten wir sie«, sagte Marc Vierhaus.

»Was ist mit Dr. Grün? Schon irgendwas gehört?«, wollte Humboldt wissen.

»Der ist wie vom Erdboden verschluckt«, sagte Lara König und zuckte die Schultern. »Die Berliner bleiben aber dran.«

Unvermittelt stand der Chef des SEK vor ihnen. Die Truppe in Schwarz hinter ihm war im Dunkel der Nacht fast unsichtbar. Humboldt gab seine Anweisungen und bedeutete seinen Kollegen, sich erst einmal im Hintergrund zu halten.

Die Maschine war pünktlich gestartet. Genüsslich lehnte er sich zurück. Selbst wenn sie jetzt schon sein Haus durchsuchen würden, sie würden nichts finden. Ihn jedenfalls nicht mehr. Das Einchecken unter falschem Namen hatte perfekt geklappt. Nie im Leben hatte er angenommen, dass es so einfach sein könnte, sich eine neue Identität zu verschaffen.

Er schaute sich in der Maschine um. Ziemlich viele Geschäftsleute waren unterwegs. Da fiel er mit seiner Laptoptasche nicht auf.

Er holte sich eine Zeitung und blätterte gedankenverloren darin herum. Plötzlich setzte sein Herz einen Schlag aus. Dort waren seine drei Grazien zu sehen. Waren sie ihm doch so dicht auf den Fersen? Er lockerte seinen Hemdkragen und las den Text zu den Fotografien. Bisher wurden sie nur als vermisst gemeldet. Ansonsten schien es noch keine weiteren Hinweise zu geben. War er doch unvorsichtig geworden? Oder hatten sie die Mädchen zwischenzeitlich schon gefunden? Wieder ließ er seinen Blick über die anderen Passagiere gleiten. Aber die schienen sich alle nur auf ihren Feierabend zu freuen, dösten oder lasen ebenfalls Zeitung. Nein, er war ihnen entwischt. Er würde nicht so kurz vor dem Ziel geschnappt werden. Allmählich beruhigte sich sein Puls wieder. Er faltete die Zeitung zusammen und steckte sie in die Tasche am Vordersitz. Aufstehen wollte er lieber nicht mehr, um keine unnötige Aufmerksamkeit zu erregen. Aber etwas trinken könnte er. Einen Champagner vielleicht. Lächelnd, als wäre nichts gewesen, drehte er sich um und winkte der Stewardess freundlich zu.

Auch nach mehrmaligem Klingeln öffnete niemand die Tür. Humboldt hatte auch nichts anderes erwartet. Die Leute vom SEK hatten sich rund um das Haus verteilt. Im hinteren Bereich des Gebäudes waren weitere Türen. Vielleicht führten die zu einem Keller. Und vielleicht fanden sie dort die Mädchen.

Humboldt hob die Hand. Das war das Zeichen zum Vorrücken für das Sondereinsatzkommando. Er wartete mit seinen Kollegen so lange, bis im Innern des Instituts Licht anging und er ein Zeichen bekam. Anscheinend war niemand anwesend. Vorsichtig folgten ihm die anderen drei. Als Humboldt das Gebäude betrat, kehrte sofort die Erinnerung an die eigenartige Atmosphäre des Hauses zurück. Dieser aufdringliche Geruch. Nur die Musik fehlte diesmal. Er zog die Luft ein. Langsam ließ er seinen Blick durch die Empfangshalle gleiten. Der Tresen, die Patientenzimmer, der Toilettenbereich. Plötzlich fiel es ihm wie Schuppen von den Augen. Natürlich. Dass er sich daran nicht gleich erinnert hatte. »Lara«, schrie Humboldt. »Erinnern Sie sich noch daran, wie Wiesinger die Putzfrau zusammengestaucht hat?« Angespannt sah er sie an.

»Ja, und?«

»Haben Sie sie nicht wiedererkannt?« Als Lara König nur irritiert schaute, antwortete Humboldt schnell: »Das war Barbara Grün! Ich hatte doch schon die ganze Zeit das Gefühl, als würde ich diese Frau kennen.« Er klopfte sich mit der Hand an die Stirn. »Nur dass sie hier ein Kopftuch umgebunden hatte.« Noch mehr Puzzleteile fügten sich in Humboldts Kopf zusammen. »Und wisst ihr, was das für ein Kopftuch war?« Er sah seine Kollegen an und ballte triumphierend die Faust. »Aus grüner Wolle. Grün. Versteht ihr?«

»Der Fussel von der Elbinsel«, sagte Stein jetzt aufgeregt.

»Also Wiesinger und Barbara Grün«, stellte Marc Vierhaus fest.

»Und wer weiß, wer noch«, sagte Lara König.

»Es wäre gut, wenn ihr euch das mal anschauen könntet.« Die Stimme kam aus den Privaträumen von Dr. Wiesinger.

Sie versuchte, die Augen zu öffnen. Aber es ging nicht. Es schien, als wäre alles geschwollen. Ihre Arme konnte sie nicht bewegen. Waren sie eingeklemmt? Oder gelähmt? Auch den restlichen Körper spürte sie kaum. Das Atmen fiel ihr unglaublich schwer. Jede Bewegung ihres Brustkorbes löste Schmerzen aus. Schmerzen in der Lunge. Schmerzen im Kopf. Ihre Zunge klebte am Gaumen. Sie hatte Angst, zu schlucken. Tat es aber doch. Blut. Alles schmeckte nach Blut. War das das Ende? Fühlte sich so Sterben an? Oder war sie schon tot? Nein, das konnte nicht sein. Sie hatte immer geglaubt, dass es sich leicht und warm anfühlt, wenn man auf dem Weg war. Jedenfalls hatten das die vielen Menschen mit Nahtoderfahrung berichtet. Ein Tunnel, an dessen Ende ein warmes Licht auf einen wartet. So sollte es sein. Mit Schmerzen hatte das nichts zu tun. Also warum wurde sie so gequält? Wenn sie doch wenigstens sehen könnte, wo sie war. Aber auch in ihrem Gesicht schien nichts mehr so zu sein, wie es mal war. Ein leises Stöhnen ließ sie aufschrecken. War sie doch noch in diesem schrecklichen Raum? Sie war sicher in keinem Bett. Erst jetzt spürte sie, dass sie völlig verrenkt dalag. Ihre Unterschenkel waren nach hinten geklappt. Der Kopf hatte keinen Platz. Er wurde zur Seite gedrückt. Wieder dieses Stöhnen. Nein, wo auch immer sie war, es fühlte sich schrecklich an. Wenn wenigstens dieser Blutgeschmack verschwinden würde. Oder sie sich bewegen könnte. Wenigstens die Augen öffnen könnte. Ein dunkler Laut drang aus ihrer Kehle. Erst leise, dann immer lauter. Sie hatte Angst. Sie schrie ihre Angst so laut sie konnte heraus. Es war ein grauenvolles Schreien. Ein animalisches Gebrüll. Sie konnte nicht anders. Ein tiefes Gefühl sagte ihr, dass es ihre einzige Chance war, zu überleben. Sie hätte sich sowieso nicht dagegen wehren können. Ihre Verzweiflung ließ sie ungeahnte Kräfte entwickeln. Mit letzter Energie schwang sie ihren Kopf herum und öffnete die Augen. Entsetzt starrte sie ins Dunkel. Das war das Ende.

Nachdem sie die Großfahndung nach Wiesinger in Auftrag gegeben hatten, standen die Kollegen des K11 enttäuscht vor den leeren Betten. Sie hatten alles entdeckt. Zuerst dieses eigenartige Labor. Einen Papierkorb voll mit geschredderten Unterlagen. Da würde die Kriminaltechnik einiges zu tun bekommen. Die Gerätschaften des Labors deuteten darauf hin, dass sie noch vor Kurzem in Betrieb gewesen waren. Aber es gab keinerlei Hinweise, wer hier was hatte erforschen wollen. Natürlich konnten sich Humboldt und seine Kollegen vorstellen, was hier vorgegangen sein musste. Zu guter Letzt fanden sie auf der Fensterbank ein grünes Kopftuch. Es war unglaublich. Es fühlte sich wie eine Ohrfeige an: Ätsch, ihr kommt zu spät.

Als sie das Zimmer zur Elbe hin, das direkt neben dem Labor lag, öffneten, blieben sie wie angewurzelt stehen. Es war gemütlich eingerichtet. Drei Betten standen im Raum. Eine Wandfläche bestand fast ausschließlich aus Glas und bot einen atemberaubenden Blick auf die Elbe, das Blaue Wunder und die noch spärlich beleuchteten Häuser des Stadtteils am anderen Elbufer. Mitten im Zimmer stand ein Tisch mit drei ausladenden Sesseln. Bücherregale begrenzten jeweils die Fußenden der Betten. Überall lagen private Sachen herum. Schminktaschen, Bilder, MP3-Player. Es gab keinen Zweifel, sie hatten das Lager der drei Mädchen gefunden.

»Tja, jetzt wissen wir, wo sie sich die ganze Zeit über aufgehalten haben.« Stein fand als Erster seine Sprache wieder.

Die anderen nickten nur.

»Bloß nichts anfassen. Richter ist schon unterwegs.« Auch Humboldt hatte sich von der Überraschung erholt.

»Aber ich verstehe nicht ganz.« Lara König wirkte am meisten mitgenommen. Ihr standen Tränen in den Augen. »Waren sie wirklich freiwillig hier? Ich meine, wenn nicht, sie hätten sich doch über die Fenster bemerkbar machen können.« Sie wischte sich mit dem Handrücken über die Wange.

»Die Fenster lassen sich nur mit einem Schlüssel öffnen«, stellte Marc Vierhaus fest.

»Ja, aber sie hätten klopfen können.« Lara König schnäuzte in ein Taschentuch.

Ungewohnt milde nickte Marc Vierhaus ihr zu.

»Irgendwie macht das jetzt auch alles Sinn«, sagte Stein. »Das viele Geld, das Asha ihren Eltern geschickt hatte, musste ja irgendwo herkommen.« Er breitete seine Arme aus. »Jetzt wissen wir, woher.«

»Ich verstehe nicht, warum diese Barbara da mitgemacht hat. Sie hat doch selbst ein Kind. Sie muss sich doch nur mal vorstellen, wie sie sich fühlt, wenn so etwas ihrem Mädchen passieren würde. Wie kann sie so etwas tun?«, fragte Lara König verzweifelt.

»Das frage ich mich auch schon die ganze Zeit.« Humboldt klinkte sich wieder in das Gespräch ein. »Was hatte sie für ein Motiv?« Er stellte sich ans Fenster und schaute auf das dunkle Band der Elbe. »Geltungsbedürfnis? Sie war ja quasi auch Ärztin. Brauchte sie den eigenen Erfolg neben ihrem Mann?« Er drehte sich zu seinen Kollegen um. »Aber anonymer Erfolg ist kein wirklicher Erfolg. Jedenfalls fällt es den meisten Menschen schwer, ihre Leistungen nicht öffentlich zur Schau zu stellen.«

»Na ja, bei den meisten Männern ist das vielleicht so«, sagte Lara König. Inzwischen hatte sie sich wieder halbwegs im Griff.

»Jetzt komm bitte nicht wieder mit irgendwelchem Machogehabe der Männer«, antwortete Marc Vierhaus.

»Na, aber es ist doch so. Hinter jedem erfolgreichen Mann steht eine starke Frau. Und Barbara Grün stand ja nun eindeutig im Schatten ihres Ehegatten. Was, wenn sie keinen Ruhm brauchte, sondern vielleicht ...« Lara König suchte nach Worten.

»Geld«, kam ihr Stein zu Hilfe.

»Geld? Aber ihr Mann war doch steinreich«, hakte sie nach.

»Nicht jeder Mann möchte sein hart verdientes Geld teilen. Und wenn wir davon ausgehen, dass Barbara Grün die Wahrheit gesagt hat, dann stand es um die Ehe ja nicht zum Besten.« Stein wechselte seine Position. Man sah ihm an, dass ihm das Stehen schwerfiel.

»Und vielleicht brauchte sie das Geld, um vor ihrem Mann zu flüchten. Wer weiß, wo sie jetzt ist.« Humboldt sah auf sein Handy, das stumm geschaltet war. Sieben Anrufe in Abwesenheit und zwei Textnachrichten.

»Also Dr. Grün können wir bezüglich seiner Eheprobleme gleich selbst befragen. Die Berliner Kollegen haben ihn geschnappt, als er endlich in seinem Hotelzimmer aufgetaucht war. Offenbar steckt eine Geliebte hinter seiner Abwesenheit. So viel zur glücklichen Ehe. Noch weiß er von nichts. Er wartet jetzt in Berlin im Polizeipräsidium. Ich lasse ihn umgehend nach Dresden bringen.«

Die nächste Nachricht kam von den Dresdner Kollegen. Barbara Grün wurde bisher nirgends entdeckt. Sie mussten sich unbedingt nach Freunden oder Bekannten von ihr umhören. Vielleicht war inzwischen auch Grüns Mutter aufgewacht.

»Wo sind die Mädchen?« Die verzweifelte Stimme von Lara König riss ihn aus seinen Gedanken.

Humboldt sah sie voller Bedauern an.

Der Chef des SEK steckte den Kopf zur Tür rein. »Wir sind hier fertig. Keine Menschenseele im Haus. Vom Keller bis zu dieser noblen Wohnung im Obergeschoss haben wir alles durchsucht.«

Humboldt bedankte sich. »Vielleicht sollten wir uns Wiesingers Privatwohnung vornehmen. Lassen wir den Erkennungsdienst hier seine Arbeit machen. Ich hoffe inständig, dass es irgendeinen Hinweis gibt.«

Dienstag, 8. Oktober, morgens

Das Telefonläuten riss Humboldt aus einem traumlosen Schlaf. Er konnte kaum den Kopf drehen. Sein Nacken war verspannt. Er war irgendwann in seinem Bürostuhl eingeschlafen. Er hatte nicht nach Hause gehen können. Nicht, solange sie die drei jungen Frauen noch vermissten. Müde nahm er den Hörer ab.

»Ja?« Humboldt unterdrückte ein Gähnen. »Hm, das bin ich.« Er stützte sein Kinn in die freie Hand und hörte zu. Ein Ruck ging durch seinen Körper. Er war jetzt hellwach. »Sagen Sie das noch mal. Wo?« Er notierte sich etwas auf einem Zettel. »Wir sind sofort da!«

Fassungslos schauten sie in die Tiefe. Sie hatten das Gelände weitläufig absperren lassen. Von der Mordgrundbrücke auf der Bautzner Landstraße aus hatten sie den besten Blick in den Stechgrund. Circa fünf Meter tief befand sich das zerbeulte Auto. Humboldt war hinabgestiegen und hatte die drei vermissten Mädchen im Innern des Wagens entdeckt. Die Rettungsmannschaft versuchte, die jungen Frauen zu befreien. Noch konnte niemand abschätzen, wie es ihnen ging. Und ob sie überhaupt noch lebten.

»Da haben wir also unseren weißen TT«, sagte Marc Vierhaus.

Lara König stand der Schock ins Gesicht geschrieben. Sie hatte den Anblick der eingequetschten Mädchen nicht ertragen und musste notärztlich behandelt werden. Jetzt stand sie in eine warme Decke gehüllt neben ihren Kollegen.

»Den hatten wir ganz aus den Augen verloren«, stellte Humboldt fest.

Mittlerweile war klar, dass Wiesinger den Wagen gefahren hatte. Zwar war er auf seine Mutter zugelassen, aber die konnte gar nicht Auto fahren. Sie hatten Wiesingers Eltern im Laufe des Vormittags ausfindig gemacht. Erst hatten sie sich geweigert, über ihren Sohn zu sprechen. Sie wollten nichts mehr mit ihm zu tun haben. Schließlich hatte er mit seiner Familie gebrochen und sich bereits Jahre nicht mehr sehen lassen. Von dem Wagen wusste die Mutter nichts. Als Humboldt darauf hinwies, dass es sich um eine Mordermittlung handelte, wurden die Eltern gesprächiger. Schon als Kind war ihr Sohn seltsam gewesen. Wenn er sich etwas in den Kopf gesetzt hatte, verfolgte er sein Vorhaben kompromisslos. Selbst wenn er genau wusste, dass es Strafen hagelte, nahm er diese in Kauf. Wo er sich jetzt aufhalten könnte, davon hatten die Eltern keine Ahnung. Verwandte gab es keine im Ausland.

Als einige Zeit später die Letzte der drei Frauen endlich aus dem Auto geborgen wurde, standen Humboldt und seine Kollegen noch immer frierend auf der Brücke.

»War das jetzt wirklich Zufall, dass dieser besoffene Typ heute Nacht hier vorbeigekommen ist? Und dass er sich heute Morgen noch daran erinnern konnte, dass er unter der Brücke Schreie gehört hat? Todesschreie, wie er sagte.« Lara König schaute in die Runde.

»Mich wundert mehr, dass niemand gehört hat, wie das Auto in der Wunderlichstraße den Zaun durchbrochen hat. Das muss doch einen Höllenlärm gemacht haben.« Humboldt ging ein Stück die Schillerstraße entlang und bog dann in die Wunderlichstraße ein. Die anderen folgten ihm.

»Hier. Schaut euch das an. Er hat zwar den Zaun mit der Kneifzange aufgeschnitten, aber trotzdem kann das Auto nicht lautlos in den Stechgrund gerollt sein.«

Lara König, die sich in der Zwischenzeit mit einem der Notärzte unterhalten hatte, kam mit bekümmertem Gesichtsausdruck auf sie zu. »Amelie wird es wohl schaffen. Sie ist die Kräftigste von den dreien. Aber die anderen beiden …« Sie holte tief Luft und zuckte die Schultern. »Sie sind sehr schwach. Unterernährt, stark fiebernd und mit sehr flacher Atmung. Der Arzt kann leider keine Prognose geben.« Sie drehte sich um und hob zum Abschied die Hand. Unendlich müde schlurfte sie davon.

Dienstag, 8. Oktober, nachts

Alle zwei Minuten schaute Christin auf ihre Uhr. Es musste doch langsam vorbei sein. Warum gab ihr denn niemand Bescheid? Nervös knabberte sie an ihrer Unterlippe. Es ging auf zweiundzwanzig Uhr zu. Die Polizei war schon seit Stunden vor Ort. Für so eine Aktion war sie viel zu ungeduldig. Deshalb war sie Journalistin geworden und keine Polizistin. Meistens konnte sie spontan Fragen stellen, auch unbequeme. Selten musste sie diplomatisch denken. Diplomatie war nicht ihr Ding. Sie sah auf ihr Handy. Vielleicht hatte sie eine Nachricht überhört. Sie wusste natürlich genau, dass das nicht der Fall war. Sie legte das Telefon wieder zur Seite.

Vielleicht sollte sie doch nachschauen gehen? Allerdings war das komplette Gelände unbeleuchtet. Und die beiden Sprinter standen um die nächste Hausecke. Zu Fuß war es ein weiter Weg bis dahin. Dazu im Dunklen. Also blieb sie brav in ihrem Auto sitzen. Der wärmende Tee aus der Thermoskanne war schon längst ausgetrunken.

Was trieben die denn so lange? Als gegen siebzehn Uhr der Oberboss, dieser Czagek, aufgetaucht war, hatte Thomas sich sofort per Handy gemeldet. Für heute waren besondere Dreharbeiten vorgesehen. Christin wollte gar nicht genau wissen, was genau darunter zu verstehen war. Sie hatte sofort ihren Chef informiert, und dieser wiederum hatte der Polizei den Startschuss gegeben. Vormittags war ihr Chef im Präsidium gewesen und hatte die ganze Story erzählt. Natürlich wurde er nicht freudestrahlend empfangen. Im Gegenteil, die Beamten waren ziemlich sauer, weil sie nicht schon vorher informiert worden waren.

Christin hatte überlegt, ob sie Humboldt einweihen sollte, hatte es aber dann gelassen. Sicher würde der alles mitbekommen. Er arbeitete schließlich im gleichen Haus.

Müde lehnte sie sich in ihrem Sitz zurück. Zu gern würde sie jetzt wenigstens das Radio einschalten. Aber das ging natürlich gar nicht. Ein Klopfen an ihrer Autoscheibe ließ sie zusammenzucken. Mit einem Ruck setzte sie sich auf und suchte instinktiv nach einem Gegenstand zur Abwehr. War sie etwa eingenickt? Wie lange hatte sie geschlafen? Wer war jetzt hier an ihrem Auto? Sie hielt den Atem an.

Ein vertrautes Gesicht tauchte neben ihr auf, sie entspannte sich etwas und deutete auf den Beifahrersitz.

Humboldt ließ sich lautlos in das Auto gleiten.

Sofort zischte Christin los: »Sagen Sie mal, spinnen Sie? Ich habe fast einen Herzinfarkt bekommen. Wo kommen Sie jetzt überhaupt her?« Sie sah ihn wütend an. »Ist alles gut bei Ihnen? Sie sehen irgendwie schrecklich aus«, stellte sie fest.

Müde fuhr sich Humboldt über die Augen. »Ja, ja, alles klar. Schlafmangel, das ist alles.« Er spähte in die Dunkelheit. »Was macht Ihr Herzinfarkt? Wieder erholt?«

Mürrisch nickte Christin.

»Wie sieht's denn aus? Haben Sie schon irgendetwas gehört?«, fragte Humboldt mit versöhnlicher Stimme.

Mit einem Mal tat er Christin leid. Er hatte ja auch viel mitgemacht in den letzten Wochen, vielleicht sogar in den letzten Jahren.

»Tja, ich warte auf irgendeine Info. Ihre Kollegen sind jetzt schon sehr lange drin. Oder noch nicht drin. Ich weiß es nicht. Ich sollte hier warten.« Auch sie legte etwas Sanftes in ihre Worte. Schließlich waren sie keine Gegner. Jedenfalls nicht im Moment.

»Und seit wann stört Sie das? Ich meine, Sie machen doch sonst immer, was Sie wollen.« Humboldt grinste.

»Sie meinen ...« Christin deutete mit dem Kopf in Richtung Sprinter.

Humboldt nickte.

»Okay, dann los.« Gerade wollte Christin die Autotür öffnen, da legte sich seine Hand auf ihren Oberschenkel.

»Frau Weißenburg, Sie bleiben hinter mir. Das hier könnte gefährlich werden, und ich möchte nicht riskieren, dass Ihnen irgendetwas zustößt. Klar?«

Irritiert nickte Christin. Wow, das war ja schon richtig nett von ihm gewesen. Machte er sich wirklich Sorgen um sie? Das hätte er wahrscheinlich bei jedem gemacht. Zähneknirschend fügte sie sich ihrem Schicksal.

In gebückter Haltung lief Humboldt über den Platz und suchte Schutz an einer Hecke. Er hatte Christin an die Hand genommen und zog sie hinter sich her. Jetzt kauerten sie nebeneinander im Gebüsch und versuchten einen freien Blick auf die Sprinter zu erhaschen, was kompliziert war, da jede Menge Baumaterialien aufgestapelt auf dem Platz herumlagen.

Humboldt malte mit der Hand einen Zickzackkurs in die Luft.

Christin nickte. Anpirschen wie die Hasen, alles klar.

Als sie an der Hausecke ankamen, hinter der sie die Sprinter vermuteten, hielten sie kurz inne und verschnauften eine Weile. Vorsichtig lugte Humboldt um die Ecke. Er sackte zusammen und schaute Christin irritiert an. Dann zog er sie hoch und spazierte einfach auf den angrenzenden Platz.

»Humboldt, was ist jetzt los? Sind Sie wahnsinnig?«, flüsterte Christin.

Er grinste nur und winkte ihr zu. »Kommen Sie. Kann es sein, dass Sie im Auto so richtig eingepennt sind?«

Völlig verwirrt klopfte sich Christin den Dreck von der Hose. Sie folgte ihm und glaubte ihren Augen nicht zu trauen. »Alle weg. Wo sind die Fahrzeuge? Und wo sind Ihre Kollegen? Das darf doch nicht wahr sein.« Im selben Moment klingelte ihr Handy. Sie erkannte sofort die Nummer von Thomas. »Sag mal, was soll das? Wo seid ihr?«, blaffte sie in den Apparat. Christin hörte eine Weile zu. Dann steckte sie das Handy weg und drehte sich zum Gehen um. Das war ihr unendlich peinlich. Sie hatte tatsächlich alles verschlafen. Zu ihrer Entschuldigung konnte sie wenigstens anbringen, dass sämtliche Fahrzeuge das Gelände über den anderen Ausgang verlassen hatten. Es beruhigte sie ein wenig, dass nicht auch noch alle an ihr vorbeigefahren waren. Wie konnte ihr nur so etwas Blödes passieren? Sie hörte, wie Humboldt den Rückstand aufholte und neben ihr auftauchte. Auf seine Lästereien konnte sie jetzt gut verzichten. Er legte ihr einen Arm um die Schulter. Sie erschrak so heftig, dass er den Arm gleich wieder sinken ließ.

»Hat die Aktion geklappt? Haben die Kollegen die Drahtzieher auf frischer Tat ertappt?«, fragte er mit sanfter Stimme.

Konnte das der Typ sein, der ihr sonst immer das Leben schwer gemacht hatte? Sie wagte einen Blick in sein Gesicht. Auch dort war nichts zu sehen von Häme oder Schadenfreude. Erleichtert lockerte sie ihre verkrampften Schultern. »Ja, hat anscheinend alles wunderbar funktioniert.« Mit einem Mal fühlte auch Christin eine unendliche Müdigkeit in sich aufsteigen. Nein, es war mehr als das, sie war niedergeschlagen. Und das, obwohl sich ihre Arbeit doch ausgezahlt hatte. Sie hatte genau das erreicht, was sie mit Thomas in den letzten Wochen angepeilt hatte. Dieser Czagek saß hinter Gittern, und auch die kleinen Scheißer, die die Drecksarbeit gemacht hatten, waren alle gefasst. Sie hätte zufrieden sein können, war es aber nicht. Eine Schulter zum Anlehnen wäre jetzt nicht schlecht, dachte sie. Wie es wohl wäre, sich an Humboldt zu schmiegen? Sie schloss kurz die Lider und versuchte, sich an das Gefühl der Geborgenheit zu erinnern. Schnell öffnete sie die Augen wieder. Jetzt nur nicht schwach werden. Das macht alles der Schlafmangel. Morgen würde sie ihre Tasche packen und in das Urlaubsdomizil fliehen. Dank ihrer Oma besaß sie ja nun die abgelegene Baude im Zittauer Gebirge. Dort würde sie ihr Gleichgewicht bestimmt zurückerlangen.

»Wo ist Monique?« Humboldts Frage riss sie aus ihren Gedanken. »Wo sind die Mädchen hingekommen?«

Das hatte sie komplett vergessen. Natürlich war er wegen Monique hier. Genug der Träumerei. Willkommen in der Realität, schalt sie sich. »Steigen Sie ein. Ich fahre Sie hin.«

Zwei Wochen später

Nachdenklich stand Humboldt am Fenster des Besprechungsraumes. Die Kollegen hinter ihm waren guter Stimmung. Auf dem Tisch thronten Berge von Kuchen, Semmeln und kleinen Häppchen. Es roch nach Kaffee und Früchtetee. Er hörte einen Sektkorken knallen und kollektives Jubeln.

Sie feierten, weil sie den Fall in kürzester Zeit gelöst hatten. Es war eine gute Zusammenarbeit gewesen. Zum ersten Mal konnte sich das neue Team richtig beweisen. Es gab sogar ein Happy End. Die beiden Kampfhähne Lara König und Marc Vierhaus saßen einträchtig beisammen, und jegliche Konkurrenz war vergessen. Klaus-Dieter Noack, der Präsidiumschef, war so zufrieden mit allem, dass er sich weit aus dem Fenster gelehnt und quasi schon beiden zur Beförderung gratuliert hatte. Jedenfalls wollte er alles in seiner Macht Stehende dafür tun und zwei Planstellen einrichten. Man konnte den beiden förmlich ansehen, dass sie sich über die doppelte Beförderung freuten, trotzdem war es schwer vorstellbar, dass sie in Zukunft ganz ohne Rangeleien auskommen würden.

Schmunzelnd ließ Humboldt seine Gedanken im Verkehr des Pirnaischen Platzes mitgleiten. Er war froh, dass sich seine Leute so zusammengerauft hatten. Allmählich entwickelte jeder eine Stärke, die ihn zu etwas Besonderem machte und damit unabkömmlich im Team. Darauf ließe sich aufbauen. Selbst Lilly taute immer mehr auf, und nachdem das unausweichliche Gespräch zwischen Lilly und Marc Vierhaus stattgefunden hatte, begegnete der angehende Polizeikommissar Vierhaus Lilly auch mit mehr Respekt.

In den letzten zwei Wochen war Humboldt fast täglich in der psychiatrischen Abteilung des Uniklinikums Carl Gustav Carus gewesen. Dort wurden die Mädchen, die man über mehrere Monate zu pornografischen Handlungen gezwungen und eingesperrt hatte, betreut. Auch seine Schwester Monique versuchte den Weg zurück ins Leben. Meistens jedoch lag sie teilnahmslos in ihrem Bett und stierte aus dem Fenster. Seine Mutter saß fast die ganze Zeit an ihrer Seite. Vergeblich hatte er versucht, ihr klarzumachen, dass Monique auch Zeit allein brauchte. Dass es seiner Meinung nach schon immer so war und Monique ihre Belagerung sicher als sehr unangenehm empfand, erläuterte er auch. Seine Mutter hatte nur schnippisch geantwortet, dass er doch sehen könne, wohin so viel Freiraum geführt hatte. Ärgerlich machte Humboldt seine Mutter darauf aufmerksam, dass es in ihrem Leben eigentlich bisher kaum etwas anderes gegeben hatte als Freiräume. Die Grenzen, die Kindern für gewöhnlich gesetzt wurden, gab es in seiner Familie nie. Monique und er mussten schon immer ihren eigenen Weg finden. Vor diesem Hintergrund waren doch ganz passable Menschen aus ihnen geworden. Auch Monique würde bald wieder einen neuen Weg einschlagen. Da war er sich ganz sicher.

Das alles hatten sie sich am Bett von Monique an den Kopf geworfen. Seine Mutter weigerte sich, vor die Tür zu gehen. Er war sich nicht sicher, ob es für den Zustand seiner Schwester gut war, das alles zu erörtern. Aber als er zum Abschied die Hand auf die ihre legte, hatte sie fest zugedrückt. Auch wenn sie weiterhin aus dem Fenster schaute, deutete Humboldt das als gutes Zeichen. Vielleicht bestand sogar noch Hoffnung auf ein besseres geschwisterliches Verhältnis. Die Annäherung an den Rest seiner Familie hatte er hingegen wieder verschoben. Auch wenn sein Freund Stein ihn ermuntert hatte, dass die aktuelle Situation eine reelle Chance bot, das Familienleben in normale Bahnen zu lenken. Aber er selbst hatte das dringende Bedürfnis, erst mal wieder zur Ruhe zu kommen. Die letzten Wochen hatten ihn erschöpft. Und nicht nur die. Es stimmte, dass er sich Gedanken über sein Leben machen musste, und dazu brauchte er Zeit. Vielleicht wäre ein kurzer Urlaub nicht schlecht. Zur Selbstbestätigung nickte er und drehte sich zu seinen Kollegen um. Die waren gerade damit beschäftigt, die Sektgläser erneut zu füllen, und plapperten durcheinander. Es tat gut, in der fröhlichen Runde zu sein. Er hoffte nur, dass auch die drei jungen Frauen bald wieder das Leben genießen könnten.

Auch Amelie und Asha hatte er in der Uniklinik besucht. Sie erholten sich den Umständen entsprechend gut. Amelies Wunden an Kopf und Arm hatten schrecklich ausgesehen, als sie sie aus dem Auto geschnitten hatten. Auch jetzt hatte man sie noch in dicke Verbände gewickelt. Dank hoch dosierter Arzneimittel hielten sich ihre Schmerzen in Grenzen. Um Asha machte er sich mehr Sorgen. Sie war unglaublich abgemagert und musste anfangs künstlich ernährt werden. Mittlerweile konnte sie wieder selbst essen, um ihre Psyche stand es jedoch nicht zum Besten. Der Berliner Onkel hatte sich zweimal freinehmen und sie besuchen können. Außerdem hatte er ihrer Mutter Geld geschickt, damit sie sich den Flug nach Deutschland leisten konnte. Bisher war sie aber noch nicht aufgetaucht. Humboldt wusste auch nicht, ob es Asha überhaupt recht war, dass ihre Familie von alldem erfuhr. Aber darum konnte er sich nicht auch noch Gedanken machen. Amelie würde Asha schon aufpäppeln und sie unterstützen. Am schlimmsten hatte es Eileen getroffen. Ihre Eltern hatten sie nach London fliegen lassen. Sie lag noch immer auf der Intensivstation und kämpfte ums Überleben. Ihr Körper wollte einfach keine Nahrung mehr annehmen.

Humboldt wurde von deprimierenden Gefühlen übermannt. Zwar hatten sie Barbara Grün dingfest machen können, die Hinweise aus der Bevölkerung hatten sich verdichtet, dass sich die im Fernsehen gesuchte Person an der Ostsee aufhalte, genauer gesagt auf dem Darß. Barbara Grün hatte auch keinerlei Widerstand geleistet. Humboldt glaubte, dass sie einfach nur die letzten Tage mit ihrer Tochter genießen wollte. Sie hatte alles sofort zugegeben. Allerdings wusste sie nichts von Wiesingers Vergangenheit und auch nichts darüber, was dieser mit den Ergebnissen der Studie vorhatte. Sie war schlicht in einer vermeintlich aussichtslosen Lebensphase an den falschen Mann geraten. Wäre sie einfach putzen gegangen, dann hätte es vielleicht ein bisschen länger gedauert, aber sie hätte jetzt mit ihrer Tochter ein neues Leben beginnen können. Nun saß sie in Untersuchungshaft und wartete auf ihre Verhandlung. Ihre Tochter Leni würde in Zukunft mit ihrem viel beschäftigten

Vater und ihrer Oma zurechtkommen müssen. Humboldt war hin- und hergerissen. Einerseits verurteilte er Barbara Grüns Handlungen, vor allem weil ihr nachgewiesen werden konnte, dass sie mit auf der Pillnitzer Elbinsel gewesen war und Marias Tod vertuscht hatte, andererseits sah er ihr verzweifeltes Gesicht vor sich, das die großen Sorgen um ihre Tochter spiegelte. Alles Bedauern kam zu spät, sie hätte es sich vorher überlegen müssen oder spätestens, als sie Maria tot in ihrem Bett gefunden hatte.

Worüber Humboldt allerdings nicht hinwegkam, und deshalb verspürte er auch wenig Lust zu feiern, war der Umstand, dass sie diesen Wiesinger nicht finden konnten. Er war wie vom Erdboden verschluckt. Es gab keine brauchbaren Unterlagen, alle Telefonate, die er in den letzten Wochen geführt hatte, führten ins Nichts. Dieser Mensch hatte alles akribisch geplant und gnadenlos durchgezogen. Wie sehr er solche skrupellosen Typen hasste! Noch mehr hasste er, dass er ihnen nicht das Handwerk legen konnte.

»Hey Chef, wollen Sie nicht mit uns anstoßen?« Lilly stand plötzlich vor ihm und hielt ihm ein Glas vor die Nase.

Er lächelte, immer noch etwas gequält. Natürlich erwarteten sicher alle, dass er ein paar Worte sagte. Er räusperte sich. In diesem Moment ging die Tür auf, und sein Herz schlug sofort schneller. Er wollte das nicht, aber immer, wenn er in letzter Zeit an diese Frau dachte, hatte er ein warmes Gefühl in der Bauchgegend. Sie sah heute irgendwie anders aus. Unglaublich attraktiv. Nicht dass ihm das nicht schon mal aufgefallen wäre. Aber sie hatte die Haare heute nicht zum Pferdeschwanz gebunden, sondern ließ sie offen über ihre Schultern fallen. Anstatt der üblichen Jeans trug sie ein fesches Kleid. In ihrer typischen Art lächelte sie in die Runde und nahm dankend ein Glas Sekt entgegen. Erst jetzt bemerkte Humboldt, dass sich alle Augen auf ihn gerichtet hatten. Seine Kollegen grinsten um die Wette. Ach ja, die Rede. Erneut räusperte er sich und versuchte, sich nicht von Christins Anwesenheit ablenken zu lassen.

Epilog

Ein halbes Jahr später, Buenos Aires

Prüfend sah die junge Frau in den großen Spiegel, vor dem sie nur mit Slip und Hemd bekleidet stand. Die Rundungen ihres Körpers zeichneten sich deutlich ab. Mit angewidertem Gesichtsausdruck kniff sie sich in ihre Fettpolster. Resigniert ließ sie die Arme sinken. Noch einmal besah sie sich von allen Seiten. Dann ging ein Ruck durch ihren Körper. Ihre Schultern strafften sich, und in ihren Augen lag Entschlossenheit. Sie griff nach einer Verpackung, die sie im Internet bestellt hatte. Unschlüssig hielt sie einen Beipackzettel in den Händen, warf ihn dann aber mit gezieltem Treffer in den Papierkorb. Vorsichtig öffnete sie die kleine Flasche. Noch einmal schaute sie auf das Etikett: »GordoRed«, stand in knallroten Lettern geschrieben. Sie atmete tief ein und nahm entschlossen einen großen Schluck der teuren Diätmilch.

Danksagung

Zuallererst danke ich meinem Vater, dem für mich besten Reiseleiter der Stadt Dresden. Ohne deine vielen kleinen und großen Geschichten rund um unser Elbflorenz wäre ich nie auf die Idee gekommen, Kriminalhauptkommissar Humboldt hier ermitteln zu lassen.

Ebenso möchte ich meinen beiden Kindern danken, die so manches Mal geduldig auf eine Antwort ihrer Mama warten mussten, wenn diese mal wieder mit ihren Gedanken in irgendeinem Teil des Romans hing. Ihr seid die liebsten Kinder der Welt!

Mein Dank gilt auch …

… Dorothea Winterling, die den Text als Erste Korrektur gelesen und mich mit viel Einfühlungsvermögen auf den einen oder anderen Fehler hingewiesen hat. Es macht immer wieder Spaß, mit dir über die moderne Rechtschreibung zu diskutieren.

… Dr. Nancy Kapuskar, die mir geduldig Fragen zu medizinischen Vorgängen im Körper des Menschen im Allgemeinen und zur Wirkung von Nanopartikeln im Speziellen beantwortet hat. Durch deine hilfreichen Tipps wusste ich, wo ich mit der Recherche ansetzen musste und wie ich eine glaubhafte Geschichte entwickeln konnte.

… meinen wertvollen Testleserinnen und -lesern. Stellvertretend: Sylke, Nancy, Diana und Stefan sowie Susanne. Ohne eure Kritik, Verständnisfragen und Verbesserungsvorschläge wäre die Geschichte nie rund geworden.

… meiner Cousine Ilka, die mich in den Anfängen immer wieder auf die richtige Spur gebracht hat. Herzlichen Dank für deinen Weitblick! Und für das Ideen entwickeln! Und für den Spaß, den wir dabei hatten!

… Momo Evers, die mir während eines Schreibworkshops das nötige Handwerkszeug vermittelt hat. Von deiner Leidenschaft für Bücher, für das Schreiben und das Geschichtenentwickeln zehre ich immer wieder aufs Neue. Es hat meinen schriftstellerischen Horizont unglaublich erweitert.

… Christine Derrer, meiner Lektorin beim Emons Verlag. Durch Sie ist der Text zu einem wirklichen Roman geworden. Von Ihnen habe ich gelernt, auf welch wundersame Weise ein Satz verändert klingen kann, wenn man nur ein einziges Wort austauscht.

… dem Team des Emons Verlags. Dafür, dass Sie mein Manuskript aus vielen herausgefischt und mir somit großes Vertrauen entgegengebracht haben. Dafür, dass Sie meine Fragen immer wieder mit viel Geduld und Herzlichkeit beantworten. Und natürlich für die phantastische Rundumbetreuung!